盆栽女人

[法]余培 著

生活·讀書·新知 三联书店 生活書店 出版有限公司

图书在版编目（CIP）数据

盆栽女人 /（法）余培著 . — 北京 : 生活书店出版有限公司 , 2016.6
ISBN 978-7-80768-134-2

Ⅰ . ①盆… Ⅱ . ①余… Ⅲ . ①长篇小说—法国—现代
Ⅳ . ① I565.45

中国版本图书馆 CIP 数据核字 (2016) 第 035518 号

责任编辑　郝建良
装帧设计　罗　洪
责任印制　常宁强
出版发行　生活书店出版有限公司
（北京市东城区美术馆东街 22 号）
邮　　编　100010
经　　销　新华书店
印　　刷　北京天宇万达印刷有限公司
版　　次　2016 年 6 月北京第 1 版
2016 年 6 月北京第 1 次印刷
开　　本　787 毫米 × 1092 毫米 1/32　印张 5.875
字　　数　90 千字
印　　数　00,001–10,000 册
定　　价　32.00 元
（印装查询：010–64002717；　邮购查询：010–84010542）

目　录

第一章　罕见的红宝石

陈珏快步从地铁站出来，沐浴在阳光下。初秋的晨光，带着一抹美丽的橙红，在她眼里，这是巴黎特有的迷人之处。她驻足片刻，判定方向，选择今天步行去公司的路线。公司安全培训课程强调，员工上下班，应时常变换路线。

公司在旺多姆广场，那里是巴黎的珠宝箱，在法国，人尽皆知。自从一八九三年宝诗龙在广场上开了第一间珠宝店，这里陆续聚集了卡地亚、尚美、梵克雅宝、宝格丽等全球顶级珠宝品牌。上世纪九十年代开始，这里又成了豪华腕表的大本营：伯爵、百达翡丽、宝玑、劳力士、积家……连高级时尚品牌的珠宝店香奈儿、迪奥、路易·威登，也来占据一席之地。

不过，显赫的旺多姆广场，在中国观光购物客中，还没有相应的知名度。

造成这一现象的原因很多，其中法国人最不了解的原因是，它的中文译名版本繁多。北京、香港、台湾各有各的译法。仔细数来，竟有十多种不同的译名。网上搜寻，还以为说的是不同的地方。

然而，值得窃喜的是，光顾这里的中国人，虽然为数不多，却个个非富即贵。富贵的中国客人，哪个品牌不梦寐以求呢？这不，陈珏提前上班，正是为了参加会议，讨论如何接待即将到来的中国贵宾。

此时，在旺多姆广场特妮迪珠宝店隐秘的地下室里，店长德·赛丝女士正伏在狭小的工作台前，在灯下聚精会神地凝视一只红宝石戒指。这是件令人惊艳、举世无双的古董珠宝。

德·赛丝女士用戴着黑手套的左手，举起戒指，仔细观摩欣赏。这独自解读珠宝的宁静时光，是她在珠宝行业工作二十多年来所取得的最享受的“特权”。

陈珏穿过广场，来到公司门口。珠宝世家品牌特妮迪一百多年来，一直稳稳地坐落在旺多姆广场，不必介绍它的历史和成就，只要看看它独占六个连续的门面，就能明白它在珠宝界不凡的地位。

陈珏经过三道保险门，上到二楼会议室。这三道门分别由数字密码、设密的员工卡和保安员把关。

店长德·赛丝女士通过监控荧屏看到同事们陆续到齐，便从狭窄的内部楼梯走上楼，来到会议室，准时开始会议。

德·赛丝女士年过五十，身材高挑，穿着阿莱亚的黑色套装，显得更加修长。她全身黑色，看上去冷静含蓄，脚上则精心搭配着克里斯提·鲁布托高跟鞋，鞋底那标志性的猩红，微妙地展示着她的个性。她脸颊细长，五官精细，均匀的粉底淡化了满脸的细纹。金色的头发盘成发髻，一丝不苟。她的外表就像她管理的总店，优雅得无可挑剔。她说一口抑扬顿挫的法语，带着惯于发号施令的口气，嗓音因长期吸烟而低沉沙哑。

“大家知道，著名的巴黎古董双年展，两周以后就要开幕。相信各位都很清楚这次的商机和挑战，我们要达到销售目标，给我们新到任的总裁留下深刻印象。”

德·赛丝女士目光犀利，扫视在座的每一位。大家心知肚明，达到销售目标，才能拿到这个季度的奖金，那是相当可观的数目；得到新总裁的赏识，德·赛丝女士才有机会升到全法销售总监的职位，那是她冀望已久的目标，目前正空缺着。

看到整个团队的注意力已被紧紧抓住，德·赛丝女士继续说：

“众所周知，双年展是各世家品牌争奇斗艳的平台，向媒体、公众和同行展示最高超的工艺和创作。不过，我们不打算邀请已有的客户，因为我们不想让客户资源在别的品牌面前曝光，让竞争对手有机会诱惑我们的客人，那么，实现销售目标，就全靠发展新客人。

“除了上次会议已确认的客人，现在将要增加两对中国夫妇。正如我在昨天的会议通知中提到那样，关于这两对中国夫妇，中介提供的资讯有限。Ng，你有没有在网上查到更多的信息？”德·赛丝女士和蔼地将头转向Ng——她所器重的中国销售员。

吴恩吉（Ng）其实是香港人，如果他来自中国内地，那么他的名字应该写成Wu。过去，恩吉十分在意强调自己是香港人，因为比起中国内地人，香港人是有优越感的。其实，恩吉讲国语，带着浓重的粤语口音，内地同胞一听，就知道他来自香港，只是法国人听不出这个差别，这曾经让恩吉遗憾了多年。

不过，近一年来，中国内地的客人逐渐增多，引起公司高度重视，恩吉有心在公司以“中国通”自居，便改口称自己是中国人。这，从政治上讲，倒也正确。

“很抱歉，德·赛丝女士，我们只收到两位先生的名字，李辉和王大江，都是太普通的名字。同名同姓的，在中国太多了，很难查。不过，您昨天提到他们来自山西，那是产煤大省，这些年出了不少煤老板富豪。”

“的确，”德·赛丝女士接过话题，“据中介介绍，这些客人坐头等舱来法国，先转乘私人飞机，去波尔多物色酒庄，然后来巴黎。他们将入住乔治五大道上四季酒店的豪华套房。中介说，他们打算买手表，对珠宝也很感兴趣。他们的购买能力是巨大的，我们要以最好的接待方式来赢得这些客人。”

德·赛丝女士再次扫视全体员工，最后将目光落在恩吉脸上，说：“Ng，这个重要的接待任务，就交给你了。”德·赛丝女士脸上带着她布置任务时专用的微笑，既有恩宠，也有激励，更多的是挑战。用中国话说，是恩威并施。

这个三十五岁的年轻人踌躇满志地点头受命，没有胡须的脸庞因为兴奋而显得更加红润，因为笑容而显得更加饱满。他粗黑的短发总是打理得光滑精细，像是刚从发廊出来。他穿ZILLI的银灰色西装，高田贤三的黑漆皮尖头皮鞋，全身上下光鲜得像一枚新出柜的首饰。

“Jade，”德·赛丝女士把脸转向她的另一位中国销售，“我请你配合协助Ng，接待好中国贵宾。”陈珏进公司才大半年，德·赛丝女士仍在观察了解这个中国女人。她有些销售经验和很好的文化素养，很受客人欢迎，可是她的销售仍停留在入门级的产品上，还需要积累技巧和经验，向高级珠宝销售的方向提升。

对客人的接待计划很快部署好：塞纳河游船晚宴，豪华轿车接送，赠送精美礼物——让保罗·荷云巧克力，拉杜丽糕点，爱马仕丝巾，安排总裁接见，参加双年展开幕晚宴等。特妮迪在呵护高级贵宾方面是颇有经验的。而德·赛丝女士早年在日本住过几年，了解日本客户，她相信亚洲文化是相通的，自信能成功地与中国客户打交道。

接下来，高级珠宝团队为大家做产品培训，将双年展的珠宝和腕表图片，以幻灯片播放，一一讲解作品特点，归纳销售要点。每件作品都美轮美奂，代表着高级珠宝的最高水准，大家看了，都为能在特妮迪品牌工作而感到自豪。

最后，德·赛丝女士将幻灯片停留在一只红宝石戒指上，这正是她刚才细细观赏的古董戒指。幻灯片上介绍，这颗缅甸红宝石，重达9.19克拉，质地纯净，色泽鲜艳，未经任何加热处理，是品质罕见的天然宝石。宝石枕形切割完美，四周镶嵌的一圈钻石都是DIFⅡA级的，粒粒纯净无瑕。这只戒指的定价相当可观，是此次参展最重要的作品之一。

大家看了，立即议论纷纷。

“这不是品牌创始人长子路易先生最珍爱的珠宝吗？”

“听说最初是为他的亚洲未婚妻定制的，四十年代的作品。”

“两年前他去世以后，才拿出来销售。”

“已经在全球各大门店巡展过，却还没遇到合适的买家。”

新员工陈珏对此一无所知，好奇地小声用中文问恩吉：“为什么呢？”

恩吉已经在公司工作了近五年，用老资格的口吻说：“价位高，指环尺码小，还有许多神秘内情，以后再跟你讲故事吧。”他已看到德·赛丝女士打断大家议论的手势。

“大家知道，两年以来，这是公司备受瞩目的作品，全球各个地区的团队都在积极寻找买家，想争先做成这单生意。”德·赛丝女士要激起团队的斗志，“中国客人对红宝石情有独钟，我希望我的团队能实现这一销售！”

恩吉暗下决心要卖出这枚红宝石戒指，不仅仅因为诱人的销售提成，更因为德·赛丝女士已许诺，只要他这次双年展业绩突出，就给他晋级，由普通员工转为管理岗。中国古话说，人往高处走，水往低处流。恩吉才不甘心一辈子做销售员呢，哪怕提成再丰厚，也难满足他的成就感。这次机会，恩吉志在必得。

他脸上保持着得体的微笑，脚却在桌子下起劲地摇晃，露出鲜紫色的袜子。

陈珏看见，颇为惊讶，什么样的男人，穿鲜紫色的袜子？陈珏不禁在她的笔记本上几笔勾勒出一只得意晃动的脚。

“Jade，最后再确认一下，恩吉刚才说，塞纳河游船的接风晚宴，他独自陪同客人就够了。你怎么想？”陈珏刚一走神，德·赛丝女士就向她提问。

“Jade有孩子，早点回去照顾家里吧。晚宴会弄到很晚，不必让Jade也加班了。”恩吉抢着替陈珏回答。

恩吉的用意显而易见，是要先入为主，独自结识客人。德·赛丝女士很想看看陈珏的反应。

“可以呀，好吧。”陈珏没有异议。

德·赛丝女士有些失望，她只有这两个中国销售，她希望他们争客人，抢着卖，这样她的店就会实现更高的业绩。作为销售，陈珏不够雄心勃勃。德·赛丝女士既不便在会上提醒陈珏，又要鼓励恩吉的积极性，便点头准许了。

恩吉暗自欢喜。陈珏从中国大陆来，跟大陆客人打交道，优势不言而喻。而他，且不说国语表达有限，就连大陆主要省份的东西南北他都说不清楚，哪能跟陈珏比？

会议结束，大家各自分头准备，门店的日常工作，也要照常打理。这一天过得很快。

晚上七点半下班。陈珏一边穿过广场，走向地铁站，一边情不自禁环顾四周。赫赫有名的丽池大饭店，因为刚刚歇业装修，终于安静下来，不然，那门口，豪车日夜川流不息。

此时，广场上人头攒动，熙熙攘攘。比起初来乍到时的新鲜茫然，陈珏现在已经有行内人士的眼光，可以大致辨认出过往行人的身份背景了。

那些美丽的女性，服饰精致，挽着名牌手袋，神情高傲，貌似富家太太，实际上是训练有素的销售员。

那些年过半百的法国男人，身材挺拔，穿着定制西装，高贵有型，神态自如，是受人仰望的奢侈品公司高管。

那年轻英俊、西装革履的西班牙裔或非欧混血男生，是体面的职业保安。他们的工作就是整天站在各家珠宝、腕表店隐蔽的玻璃门后面，控制每一个人的进出。

那其貌不扬，穿着牛仔夹克，挎着背囊的行人，可能是资深的珠宝工匠大师，也可能是专业的宝石快递员。

那些肤色各异，神态闲散的游客路人中，潜伏着大手笔的买家和收藏家。

路人形形色色的身份，有些写在外表，有些深藏不露。大家在这个四通八达的广场，走向不同的方向。

陈珏的家在巴黎七区，塞纳河左岸。

听到开门声，女儿米米像只快乐的小鸟，扑到门前，欢呼妈妈回到家。陈珏俯下身子，让女儿的小胳膊搂着她的脖子，小嘴嘟嘟亲着她的脸。陈珏每天下班回家，女儿都这样亲热地迎接她，幸福的感觉包围着她，就像薰衣草漫山遍野盛开。

陈珏从包里拿出一只黄灿灿的芒果，这是她刚刚从街区的水果专卖店买的，八欧元一个，她通常很少买这样昂贵的水果。米米惊喜地叫起来，再次搂紧妈妈，亲了又亲，才捧着她最爱吃的芒果，跳着去厨房。

陈珏一边换鞋，一边打发小樱回家。小樱是来巴黎学绘画的中国留学生，每天帮忙接米米放学，做作业，直到陈珏或她丈夫亚历山大下班回家才离开。

陈珏接着去卧室。半分钟后，她已换上玫瑰红的居家服，旋风一样来到厨房，开始动手做晚餐。

亚历山大这时也回到家，先放上音乐，然后换上宽松的T恤和牛仔裤，过来帮忙。不一会儿，简单而营养均衡的晚餐就摆上餐桌。这个中法家庭在任何形式和内容上，都是中西合璧的。餐具既有刀叉，也有筷子；晚餐既吃蒸饺，也吃奶酪面包。

晚餐是一家人最快乐的时光。米米跟妈妈说中文，跟爸爸说法文。她七岁，上小学二年级，话特别多，喜欢惟妙惟肖地说些学校的趣事。刚开学不久，新老师新同学的事情说不完。

餐后吃水果的时候，陈珏提到古董双年展，到时她可能会早出晚归，特别是开幕式那晚。亚历山大拿出手机查看日程表，有些担心地说："真不巧，我那周要出差。"他在电讯公司做技术主管，每个月都要出差一两次。米米听了，立刻噘嘴。

陈珏安慰全家："问题不大，我不是主力销售，不参加开幕晚宴，也幸好没跟恩吉争着参加客人接待，所以，不会回得太晚的。假如有需要，就请小樱多留一会儿。我们米米最乖，不会有问题的，对吧？”

米米受到夸赞，一脸开心，懂事地挖起一大勺芒果，送到陈珏嘴边。陈珏摇摇头说：“谢谢你想着妈妈，妈妈吃葡萄就好。”她不舍得吃那么贵的水果，想全留给米米。米米是陈珏的心头肉，是她在法国唯一有血缘纽带的亲人，陈珏爱米米，远远胜于一切。

米米又把芒果送到爸爸嘴边，亚历山大夸张地张大嘴，很享受地一口吞下，故意不理会陈珏暗示的眼神。陈珏心里不满，中国爸爸绝对不会舍得吃孩子的好东西。

好像能读到她的心思似的，亚历山大笑着说：“好东西，要分享。平时这样教育孩子，行动上也要支持孩子啊。”

陈珏不服气：“我说不过你，反正，我们中国父母都是把最好的留给孩子。”

她嘴里这么说，心里却也有些认可亚历山大的观点。不同的文化，有不同的方式表达亲情。

“好的，我的肿国老破！”亚历山大用奇怪腔调的中文说，他虽然只会讲一点点中文，这句却是他的法宝，特意练的。

陈珏果然笑起来。他们都知道，不同文化的差异，是他们共同生活的米饭和面包，每天都会吃一点儿的。

第二章　神秘的贵宾

两个星期后，周一，上午九点，特妮迪总店内，开店工作正在井然有序地进行。

德·赛丝女士握着手机和店里无绳电话，站在店中央，指挥着她的团队。她今天穿着白色长袖衬衣，黑色西裤，金丝边袖珍老花眼镜架在头顶，藏在蓬松的金发间，像只小巧的发卡。

两名销售员将珠宝和腕表从保险柜中拿出，一一摆入柜台和橱窗。保安跟在后面，检查明锁暗锁。迎宾小姐将刚刚送来的新鲜花束和点心，拿到贵宾室布置。副店长带着管理员在清点将要向客人展示的珠宝和腕表。

九点十五分，德·赛丝女士的手机振动，她看着恩吉发来的短信，向大家宣布："客人刚从酒店出发，十五分钟后到达。”

德·赛丝女士来到贵宾室，满意地看到一切都已布置妥当：娇艳欲滴的玫瑰，罗兰百悦香槟，艾瑞克·凯瑟的精美法式小点心，鲜榨红果汁，玛黑兄弟的红茶……

她下令保安升起防盗门、防盗窗，正式开店。

此时，旺多姆广场一片宁静，所有的精品店仍门窗紧闭，要到十点或十点半才开门营业。为了抢在别的品牌前面接待中国贵宾，德·赛丝女士特意提早开店。

她一边暗自得意自己的决定，一边习惯性地抚摸自己日渐平坦的小腹，心情难得的轻松。今早称体重，又轻了一百克。为了参加盛大的双年展晚宴，她已严格节食两个月，终于瘦到她给自己设定的目标体重。在她这个年龄上，身材保持得依然能穿三十六号的衣裤，可不是大多数女人能做到的事。

未婚、单身、无子女，德·赛丝女士所有的精力和指望都在事业上，凭着坚定的意志，她才从普通售货员一路爬升到高级珠宝总店店长的宝座。

对于中国贵宾，德·赛丝女士可谓等待已久。她清晰地记得，公司市场研究报告上，对中国游客在巴黎的购物情况做了详尽的总结。早在上世纪九十年代末，中国观光购物客就已涌入奥斯曼大道的百货公司。他们从一支口红、一款香水、一瓶护肤霜开始买起，渐渐抢购皮包、皮鞋、服饰、手表，逐年攀升，直至全球顶级腕表。这两年，巴黎的百货公司已经成了中国旅行团的大卖场，而富有的中国散客则开始光顾圣奥诺雷和蒙田大道的品牌专卖店，可是旺多姆广场仍然没有等来中国人气。

现在，万事俱备，只等恩吉将中国贵宾带进门。

德·赛丝女士踌躇满志地把陈珏喊来贵宾室，面授机宜："Ng 昨晚请客人享用塞纳河游船晚宴，今早给我发来报告，两对夫妇中，李先生是中心人物，我们要请他和他太太坐正面的沙发，另一对夫妇坐侧面沙发。Ng 和我坐在他们对面，方便做展示。你站在这儿，靠门口的地方，做传递员，负责取还珠宝。"

陈珏点头记下。

手机再次振动，德·赛丝女士一边取下头顶的老花镜，架在鼻尖上，一边自言自语，这该是 Ng 的短信，他们快到了吧。

恩吉短信："请弄一碗中国汤面！"

德·赛丝女士不解：什么意思？

恩吉短信又到："李先生不喜欢酒店的早餐，他想吃中式热汤面。"

德·赛丝女士愕然：什么？

恩吉又追来一条短信："否则客人要先去找汤面，再来店里！"

德·赛丝女士抓狂，立即喊道："简直难以置信，客人要在我们的精品店里，吃中国汤面，当早餐！"她一把抓住陈珏，"我们别无选择，你得去弄碗汤面，立刻去！"

"好的。"陈珏听到命令，看着德·赛丝女士的神情，一个字不敢多问，一秒钟也不敢耽搁，到衣帽间抓起风衣和钱包就冲出店门。

孤零零站在广场上，陈珏却颇为踌躇。这个时间，上午十点不到，在巴黎最豪华的市中心，附近哪里能找到中国汤面呢？圣奥诺雷街？和平大道？圣奥诺雷市场？毫无可能！

看来只得去圣安街，虽然远一些，但那是唯一有可能碰上运气的地方。陈珏拔脚就往广场后面的丹妮尔·卡萨诺瓦小街跑，她脚踩七厘米高跟鞋，平时在店里才穿的，刚才走得匆忙，忘记换成上下班走路穿的平底鞋，现在也顾不得回去换了。

她快步穿过小街，来到歌剧院大道，这儿正在修路，她胡乱地从栏杆和来往车流中横穿马路，奔向圣安街。

一辆黑色奔驰唯雅诺停在特妮迪世家店门口，身穿传统制服的车掌彬彬有礼地打开车门，恩吉先出来，立在门边，恭候贵宾下车。

接着出来的是两位男士，一胖一瘦，都不高。胖的戴着副眼镜，穿着藏蓝色休闲裤，浅黄色夹克，敞着拉链，露出圆溜溜的肚子。瘦子穿黑色裤子，白色 Polo 衫。

胖子一边提裤腰，一边四下张望，跟瘦子说："呵，这广场气派，你看中间的那大青铜柱，像柄倚天宝剑，旺风水啊。"

瘦子说："是啊，大哥高见。"

跟着下车的女士很高，至少有一米七五，她穿白色紧身上衣，红色超短裙，艳红的长筒皮靴，艳红的宽皮腰带，十分耀眼。她人还没站稳就说："店呢？这不像买东西的地方啊。"

恩吉忙回答："这儿的门店，门脸都比较小巧，远看不起眼，橱窗也挺隐蔽，要走近了，才能看见那些珠宝。"

"这比较符合欧洲上流阶层的含蓄风格。"说话的是最后下车的女士。她身材娇小，身穿宝蓝色针织衫配黑色小羊皮裤，脚踩海蓝色鳄鱼皮细高跟鞋，全身上下透着东方女性的纤巧婀娜。她手臂上挽着爱马仕三十厘米黑色鳄鱼皮铂金包，脸上戴着墨镜，这身装束，连德·赛丝女士隔窗看了，也暗暗赞赏。

恩吉笑容可掬地将客人请到世家店门口，未进门，客人们先被橱窗吸引了。每个橱窗内只有三两件珠宝，可是每件珠宝都美如天工，一看就知道价值连城。

高个子女士惊叹："哇，这才是高级珠宝呢！你们看啊，这些宝石真大！五颜六色的！还有这数不清的钻石啊，咱这下可开眼界了！"

"请到店里坐坐，慢慢欣赏吧。"恩吉殷勤地做个请的手势。

德·赛丝女士透过玻璃门观察着这一切，她已认定，那胖胖的男士必定是核心人物。第一，他走在众人前面；第二，他两手空空，什么也不拿；第三，他背着手走路，显得轻松有气派。

第一道安全玻璃防弹门无声地打开，客人们走进来，却被眼前另一道玻璃门挡住，有点儿不知所措。恩吉解释，要等身后的安全门缓缓关闭，保安才用遥控器将客人面前的安全门打开。

胖先生一边踱步跨入店内，一边调侃："呵，什么牌子？还挺戒备森严的。"

德·赛丝女士恭候已久，立即送上亲切的微笑和问候，过去住在日本习得的礼仪也不由自主地冒出来，对着贵宾鞠躬。

胖先生跟同伴评论："这法国人，躬鞠还挺标准啊。"中国人很多年前见面也行鞠躬礼的，共产党建立新中国后，就渐渐摒弃这老礼数了。

恩吉赶快为客人和店长之间做介绍。胖的果然是重要的李先生，红装的是李太太，看起来比李先生年轻至少二十岁。瘦先生和蓝衣女士自然是王姓夫妇。

德·赛丝女士带着中国贵宾，一边参观总店，一边介绍品牌的历史和风格。她的介绍用词华丽，诗意盎然，犹如演讲。

恩吉担任翻译，感到实在困难。德·赛丝女士说的话他都听懂了，可就是翻译不出来。这是法语最为难外国人的地方，听起来美妙动人，非常自然；可是翻译成中文，就显得文绉绉，很矫情。

恩吉可没有那么好的文采来传达德·赛丝女士原话的效果，只能说个大意。好在陈珏不在场，谁也听不出差别。恩吉凭着对公司的了解，自由添加，听起来也相当天衣无缝。

最后，大家来到贵宾室，就座后，德·赛丝女士特意强调，恩吉是经验丰富的珠宝销售顾问，大家尽可信任他的专业水平。

茶点送上，恩吉开始展示珠宝和腕表。他的注意力自然主要放在李先生李太太身上。

圣安街又窄又长的街道两边，林立着数十家亚洲餐厅，大都以日餐为主。其实，除了一两家韩餐，几乎都是中国人开的，有些还故意装着不会说中文，冒充是地道的日餐馆。

陈珏左右张望，然后直奔那家招牌为“面条”的中餐馆。她时常来这里用午餐，开放式的厨房和收银台都在入口处，陈珏因此跟老板娘和大厨面熟。

虽然这些餐厅大多中午十一点才开始营业，可是听说中餐馆的大厨，有时住在店里，她便使劲拍门，拍了又拍，真的有人答应了！

“师傅，帮帮忙，十万火急，给我做碗汤面吧！”

浙江大厨认出这个时常光顾的中国女人。她长相秀气，说话轻声细语，对人客气大方，常常吃一碗不到十欧元的汤面，也要留点小费，颇得老板娘夸赞。看她现在真着急的样子，大厨稍稍犹豫，就开门让她进来。

陈珏说明原委，并承诺付三倍的价钱。大厨笑眯眯地开火下面。为了保险起见，陈珏点了两碗面，榨菜肉丝面和雪菜毛豆面，虽是再家常不过的汤面了，可是这家面馆做的口味十分正宗地道，用的是真正的猪骨香菇精熬的高汤，而不是味精。

当那香喷喷又熟悉的美味扑鼻而来，陈珏立刻感到肠胃有说不出的舒服。中国人在国外对中餐的渴望，她有切身体会。别说吃饭了，就是喝水，也不习惯。记得当年她刚出国的时候，只因喝不到热水，便终日惶惶不安。

不到十分钟，两碗热气腾腾的汤面已打好包。陈珏细心地要了辣椒酱、牙签、山西人爱吃的陈醋，又借了两套精致的中国瓷汤碗、汤匙和漆木筷子，坚持付了三倍的价钱，千恩万谢地道别。

此时，旺多姆广场的贵宾室内，珠宝介绍正在进行。

李先生没心思看珠宝，几次抬起胳膊看表。李太太知道他饿了，指着茶几上那一大盘点心说："先来两块垫垫底儿。"

"早上谁吃得下甜的？！"李先生口气很不耐烦。

王太太催促恩吉，快点儿送汤面来，她说的是广东话。

"係，係，好快就到。"恩吉用广东话小声回答。

气氛有些尴尬。德·赛丝女士听不懂中文，但只看情形，就知道有问题。

贵宾室外，陈珏气喘吁吁回到店里，迎宾小姐赶忙接过她手中的塑料袋，到后台小厨房准备。

李先生饿得正难受的时候，陈珏和迎宾女生端着两碗冒着热气的汤面进来，大家赶快在矮桌上腾出位置，将面碗放在他面前。

他如释重负地舒口气，连忙抓起筷子。“谢谢，我就不客气了！”如此省去中国人之间应有的推让礼节，埋下头去，自顾自吃起来。

三大筷子面眨眼间呼噜下去，再抱起碗来，猛喝几口汤，李先生感慨：“哎呀，正宗！真舒服！这些天，尽吃法餐，真不习惯，可把我饿坏了！”他边说边向德·赛丝女士竖大拇指：“你们的服务很好，很到位！”

德·赛丝女士听了恩吉的翻译，笑着说：“找到汤面，多亏了Jade，她是我们另一位会讲中文的店员。”

陈珏因为赶路，脸颊红彤彤的，她微笑点头与各位贵宾打招呼，眼光落在王太太的脸上时，她惊叫道：“宝红，是你？！”

宝红是她中学同学的名字，她从小最好的朋友，情同姐妹。她不敢相信自己的眼睛！宝红的容貌变化了，可是陈珏依然能一眼认出她。

愕然、惊喜、难以置信，同时凝固在陈珏脸上。整整二十年了，她和宝红失去了联系。最后一次见面，是在家乡小城，宝红怀着四个月的身孕，要去打胎。那个男人是个长头发意大利人。之后多年，老同学们再没见过她。这些年，陈珏曾多方打听宝红的下落，却杳无音讯，同学间谣传，宝红已不在人世。

而此刻，宝红就活生生坐在眼前！

陈珏万分惊喜，想笑，可是眼泪瞬间涌出眼底，顺着脸颊滚落而下。她感觉自己像个刚从噩梦中惊醒的孩子，仍沉浸在惊吓和委屈中。

贵宾室里所有的人都被陈珏的样子弄得十分诧异，不知所措，继而调转目光，疑惑而好奇地看着王太太。

王太太呆呆地一动不动，脸色苍白。看到陈珏流泪，自己在众目睽睽之下，难掩尴尬，她说："抱歉，您认错人了。"

陈珏深感意外，万分窘迫，赶忙道歉："对不起，真对不起！您长得太像我中学的好朋友。"

"王太太是香港人！"恩吉厌恶地看着陈珏，口气充满埋怨和不满，继而迅速为德·赛丝女士翻译解释原委。

德·赛丝女士面色冷峻，异常沉默。

陈珏意识到，大家精心准备的VIP接待，竟被自己搅乱了，大笔业绩如若损失，该如何承受这严重后果？她感到一阵恐慌，跌入活生生的噩梦。

嘭——！

红漆筷子重重敲在汤面碗口，清脆作响，满屋子人惊得将目光齐齐转向李先生。

他手握筷子，开怀大笑："哈哈，哈哈，太精彩了！感人，感人！就算认错人了，也感人哪！我这辈子，还没有谁见到我会泪流满面，哈，连老婆都不会！"

李太太娇嗔地拍了她老公一把，李先生笑得更爽朗。王先生也跟着呵呵笑起来。王太太脸色由白变红，也勉强一笑，讪讪地自嘲道："看来，我长了一张大众脸，容易被认错啊。"一边说，一边拉起李太太的手，继续试戴戒指。

恩吉潦草翻译解释给德·赛丝女士，便立即抓紧时机，继续介绍珠宝。大家的注意力就这样回到正题上。这时，德·赛丝女士手机振动，她悄悄地走出贵宾室，接听电话。

李先生重新把头埋在汤碗里，大快朵颐。出国三天了，不论在波尔多，还是在巴黎，接待他们的公司都安排法国大餐，一道道吃下来，又累又拘谨又耗时。李先生土生土长的中国胃，只有吃中餐才感觉舒坦。这碗汤面，是他到法国后，吃得最满意的一餐。

餐具撤下，李先生打着饱嗝感谢陈珏。她已恢复平静，站在恩吉身后当助手，和另外一位法国同事一起，随时准备在贵宾室和保险库之间往返，取还珠宝。

李先生一边调整坐姿，舒舒服服地靠在高背真皮沙发上，一边指着陈珏对他的同伴们说："她这是真情流露啊！现在社会，难得看到这么重感情的人。"

王先生看起来是不擅辞令的人，不说什么，只是呵呵笑着，点头附和。王太太正用手机给试戴耳坠的李太太照相，闻声抬头注视陈珏。

李先生招呼陈珏坐下来，颇有好感地问起她的经历。

陈珏早已习惯这样的问题。这些年，不论是法国同事朋友，还是刚认识的中国游客，都会好奇地打听她从中国到法国的故事。被问多了，有时她会不情愿回答。此刻，她却很高兴李先生给她话题。刚才失态困扰了贵宾之后，她真的很想有机会弥补过失，让客人开心。

“我老家在云南。我在同济大学建筑系上完二年级，就到英国留学，后来嫁了个法国人，便搬来法国。”

李太太好奇地问：“你老公是法国人啊，很浪漫吧？”

这个问题陈珏也常被问到。如果让中国人只用一个词形容法国人，那必定是“浪漫”。中国人对浪漫的定义也很形象、很具体：香槟、玫瑰、烛光晚餐、红酒、巧克力、甜言蜜语、礼物和惊喜。

陈珏笑笑：“您说得对，法国人是挺会营造气氛的。他们不单单在形式上浪漫，并且对生活的态度也挺浪漫的，比如他们常度假，注重生活品质。”

可这不是几句话就能解释清楚的，陈珏不再多说，她可不想让客人的注意力，再次被自己分散，便赶紧给李先生递上牙签。

“呵，真细心，还有牙签。好几天没剔牙了！”

李先生一手捂着嘴巴，一手抓着牙签，一边舒舒服服地剔牙，一边谈兴犹浓地问道：“你刚才说的那个老同学，多年没见了吧？”

陈珏看了看王太太，不好意思地笑笑：“那是我最好的朋友，同窗六年。可惜我出国后便失去了联系。写的信都石沉大海，别的同学、老师都没有她的消息。她父母在她出生不久就外出打工，几乎没有回来过。她是奶奶带大的，后来她把奶奶从老家接走，就跟谁都没有联系了。”

李太太一边试戴耳环，一边娇滴滴地说：“一个大活人，不可能人间蒸发。现在网络这么发达，‘人肉’一下，肯定能搜出来！对吧，姐？”她边说边用胳膊碰碰王太太。王太太面无表情，似乎没有听到。

“算了，我找了好些年，后来终于明白，还是随缘吧。”陈珏心感不安，只想结束这个话题，便把矮桌上的镜子端起来说：“李太太，这副耳环好适合您，照照看。”

李太太一边扭着脖子、欣赏镜子里的自己，一边说：“好看吗？我就喜欢这长长的耳坠，很灵动。哦，对呀，她如果看重你这个朋友，怎么不主动跟你联系呀？”

“她肯定找过我！都怪我，这些年出国以后，嫁了老外，随了夫姓，换了国家，还经常搬家。”陈珏情不自禁为自己的朋友辩护。她仍有种错觉，好像王太太就是她的朋友宝红，此刻就坐在这儿听着呢。

王太太一直在专心挑选珠宝，把李太太赞不绝口的那几件，集中放在左边的托盘里。这时忽然问道："你既然是留学出国的，应该拿了洋文凭吧，怎么却在这儿卖珠宝？"

在中国人眼里，售货员可不是体面的工作，大部分在巴黎做销售员的中国人，都不敢跟国内的亲友明说自己的职业。陈珏感到脸有些发烫，有点儿难为情，又不禁想，这王太太说话相当直白，跟当年的宝红一样。

陈珏只能笑笑："一言难尽。"

恩吉听了，颇有同感，也意味深长地一笑。他虽然不高兴客人跟陈珏聊这么多，可是，他做了多年销售，心里清楚得很，客户关系就是这样在谈天的过程中建立的，让客人高兴是最重要的。卖珠宝，急不得。

"啊哈，听说你们是顶级名牌，在这里工作，将来大有作为啊！云南妹子，咱们是半个老乡啊，我年轻的时候，在基层锻炼，去的就是云南。过桥米线太好瓷了！"最后一句，李先生说的是云南方言。中国人重乡情，攀上老乡，便多一分亲切。

陈珏喜出望外："哟，还会讲云南话，太稀奇了！"她回的也是云南话。

王太太见状，抬手看表，打断他们的交谈：“糟糕，忘了看时间，咱们后面约会还挺多的，得抓紧点儿。”

这时贵宾室长方形矮桌上已摆满了托盘，每只都盛着四五件珠宝和腕表。李太太赶紧抓着李先生的胳膊说：“老公，别聊了，快帮忙挑挑。”

李太太那双保养得白嫩的纤手这下子好忙，一会儿摸摸钻石耳坠，一会儿抓起镶钻腕表，一会儿试戴蓝宝石戒指，一会儿拎起条镶满五彩宝石的长项链。

她对着李先生撒娇：“件件都美得不行啊，恨不能都要呢！”她只顾挑珠宝，完全不问价钱，那天真娇气的样子，看起来跟小女孩吵着要芭比娃娃一样。

恩吉不失时机送上恭维：“李太太天生丽质，气质高雅，跟我们的品牌形象非常契合，这些珠宝实在太适合您了。”

李太太美滋滋地站起来，走到大大的落地镜前，自我欣赏。

王太太小声对陈珏说：“请你带我去趟洗手间。”

陈珏立即殷勤地起身：“好的。”

洗手间在店铺深处，走廊尽头的僻静处。陈珏带着王太太来到洗手间的门口，伸手准备为她推开门。

“等等！”王太太小声急切地说，“告诉我那几样东西的价钱，快点儿，大致总价就可以。”她一边打着向左的手势，一边从裤子口袋里摸出手机。

“您说最左边托盘上的那些吗？玫瑰金蝴蝶项链，白金镶钻腕表，白金钻戒，流星耳坠，还有个碧玺胸针，”陈珏一边细数，一边飞快地算总价，心算可是中国人的强项，她迅速而有条不紊地报价，“总共八十多万欧元，如果能申请到大退税，就是全额退税，应该在六十万欧元左右。按今天的汇率计算，差不多是人民币四百八十万，不到五百万。”

王太太边听边发短信，飞快写完，抬头望着陈珏，眼中含着赞许和谢意。她虽然笑着，脸上却显得心神不宁，好像脑子里同时想着许多事情。

陈珏这样近距离地与王太太站在一起，不由得仔细端详她的五官神态，分辨着她和记忆中宝红的差异。王太太注意到陈珏的眼神，想要说点儿什么，又有点儿犹豫。这时，手机振动，她赶快低下头，接收短信，回复。之后，头也不抬，要了陈珏的手机号码，存在手机里，便往贵宾室走。

“您不去……？”陈珏指指洗手间。

“不急。”王太太边回答，边继续往回走。

她们很快回到贵宾室，李太太还在镜前试戴，王太太回到座位上，伸出那只戴着三克拉粉钻戒指的手，把左边的托盘推到李太太面前，指着这些珠宝说：“这几件，是你最喜欢的吧？”

珠宝件件精致动人，李太太兴高采烈地喊着李先生：“老公，这些我都喜欢啊！”

恩吉对总价早已心中有数，按捺着激动的心情。大家都看着李先生，静静地等他的反应。

李先生探身看了看，不出声，然后，抓起那只钻表看了看：“这不是陀飞轮的嘛。”

恩吉连忙回答：“噢，不是，这机芯是复杂功能的，全部瑞士手工制造，您看这表盘的设计和珐琅工艺……”

“来，给你们看看我这表，”李先生打断恩吉，挽起袖子口，露出手表，“PP的，一百多万。”他说的是人民币，欧元十二万以上，“你们的手表是顶级的吗？比PP呢？多少钱？是限量版的吗？来，给你们看看我的收藏！”

中国人说的 PP 就是百达翡丽。那些洋品牌长长的名字，谁能记得住？所以拗口的牌子统统有简称。CD 是迪奥；LV 是路易·威登；BV 是葆蝶家，诸如此类。

李先生兴致勃勃地拿出手机，翻出照片给陈珏和恩吉看："这只百达翡丽，陀飞轮，加万年历，加三问，顶级的了！一般人想订都订不到！"说着，示意陈珏把手机拿给德·赛丝女士看，后者，正站在贵宾室门口，见状便礼貌地走过来。陈珏忙起身给她让座。

李先生从衣兜里掏出另一个手机，调出照片："这是和田玉料子，差不多十公斤，价钱十年涨了十五倍，家里保险柜存着。这几个是翡翠蝴蝶，个个比手还大，里面是真蝴蝶，蝴蝶的翅膀还是会动的，人家帮我从香港弄的！陈世英的大作，这可是台湾和香港最有钱的人追捧的牌子！这个翡翠佛爷，是朋友从拍卖行拍回来的，气派吧。"

"再看这个，"李先生在手机里找照片，"你看，你看，这金座子，是我专门为了盛翡翠佛爷做的，光金子用料和做工费用就几十万哪！我家的保险柜，这么大，可以站在里面拿东西。"

恩吉给德·赛丝女士翻译，大家都点头赞叹，作出印象深刻的样子。

李先生继续得意地说："钱留着没用，珠宝古董才真正又值钱，又有升值空间。"

德·赛丝女士听了恩吉的翻译，心底欣喜。这样热衷收藏的中国富豪，她第一次遇到，正是难得的目标客户。她一边恭维客人的品位和收藏，一边用眼神鼓励恩吉抓好这个机会。

李太太娇声埋怨："老公，说那么些干吗？！"

"怕什么，这是在国外，这种高级品牌店安全得很；而且这些东西，对大江他们来说，都不算什么，隐形富豪啊。再说，大江的公司不是正准备借壳上市吗，就要当上市公司老板了，身家还不又要多十几个亿？！"

王先生与王太太交换目光，连忙笑着说："哪里哪里，日后还得多靠大哥帮忙！"

李先生满意地笑笑。李太太伶俐，马上对恩吉和陈珏说："说得正是，一般的东西，咱兴趣不大。还有没有更高级的宝贝，拿出来瞧瞧？"

恩吉翻译给德·赛丝女士，他们同时想到那只红宝石戒指，本想做足了铺垫再推出，看来时机到了。

德·赛丝女士沉着地说："倒是有一件几十年难求的红宝石珍品，不过，现在只能在 iPad 上看看图片，实物要等到双年展才能看到呢。"

李太太拍手："敢情好，咱翡翠钻石都不少，还就缺红宝石呢，快给咱看看。"

恩吉将 iPad 毕恭毕敬摆在贵宾面前，四个脑袋同时凑近。

德·赛丝女士介绍，由恩吉翻译："这颗天然红宝石，9.19 克拉，产于缅甸，色彩鲜艳，光泽剔透，品质异常罕见。"

李先生点头："嗯，是鸽血红吧？这克拉数够级别，数字也讨咱中国人喜欢，长长久久嘛，哈哈。"

李太太激动地说："这要戴在手上跟姐们儿打麻将，还不让人羡慕死了。"

王太太小心翼翼地问道："缅甸红宝，价值不菲吧？"

德·赛丝女士听罢翻译，不急于报价，而是字斟句酌地说："这是一件古董珠宝。请注意，它可不是一般的古董珠宝，它最初可是为了家族自用而特别定制的，所以可想而知，它必定用的是最出色的材质、设计和工艺。这颗红宝石，不论色彩、光泽、纯净度、切割，都是顶级的，并且未经过任何人工处理。世界上，只有不到百分之一的宝石达到这样的标准。红宝石周边这圈钻石，每一颗都是DIFⅡA级的。可惜现在在iPad上，看不出效果，只有亲眼看见实物，才能知道它美得震撼人心。”

恩吉慢慢翻译给客人听，大家都听得聚精会神。德·赛丝女士这才示意恩吉报价。恩吉从矮桌下摸出一个计算器，按下一行数字，举起来，给客人看。

“哦！这么多个零啊，是欧元吗？”李太太露出惊讶的表情。王太太与王先生面面相觑。李先生慢悠悠地总结：“真正的好货才值钱啊。”

恩吉说：“李董，您真懂行！放心吧，双年展开幕的晚上，我们一定会安排你们一到会场，就首先看这只红宝石戒指。”

客人神秘得很，到现在都没有给名片。恩吉很懂规矩，并不多问，只是按照中国人的习惯，对成功人士，在姓氏后面加上官职相称，王总，李董。“总”字用得最多，总经理、总监、总管等。现在，时兴用“董”，董事长，比“总”更高一级。

“行啊，那你帮我们安排吧。”王太太对恩吉说完，看看王先生，然后柔声对李先生说，“大哥，要不，咱们把今天看好的这几件先放着，等看了双年展，再决定？”

王先生搓着双手附和：“是啊，咱这两天还要看好些家呢。”

李先生跷起二郎腿，摇着脚说：“没问题啊！你们看着办吧。”

王太太便对陈珏说：“这些，都帮我们先放在一边吧，等看过双年展，再一起确认付款，行吗？”

陈珏看着恩吉，她知道，德·赛丝女士已指定，这些客人归恩吉，算他的业绩，所以产品介绍的时候，陈珏很守规矩，没有多插嘴。可是，贵宾们一直把她作为主要谈话对象，陈珏有些为难。

恩吉彬彬有礼地抢着回答：“好的，我帮您跟店长说，应该没有问题。”继而，向德·赛丝女士翻译。

德·赛丝女士相当高兴，看来这些素不相识的中国贵宾，不仅真的有实力，而且的确有购买诚意。一定要精心对待他们，好好把握双年展的时机，实现最大销售。

客人不是已经表现出对红宝石戒指的兴趣了吗？

“当然，完全没有问题，随时为你们服务，”德·赛丝女士说，“要知道，这只古董戒指背后，有一个动人的传奇故事，双年展那天，你们一定要尽早过来，当你们亲眼看到这个杰作的时候，我再讲给你们听。”

李先生伸出右手食指，指着恩吉的脸说：“好，叫你们老板给我们把东西留着，咱到时一定要见识一下！”

贵宾们对红宝石戒指产生了极大的兴趣和深深的好奇心。这正是德·赛丝女士想要达到的效果。

他们起身告辞的时候，已是下午一点。离下一个品牌约会，迟了一个小时，好在地点也在广场上，恩吉送他们过去。

临出门前，李先生特意对陈珏竖着大拇指说：“今天的面很好吃，谢谢你这半个老乡！”王太太握着手机，对陈珏笑而不语。

专卖店安全门关上，德·赛丝女士慢慢收起脸上的笑容。今天的接待过程，她虽然没有全程陪同，但一直密切关注所有细节。虽然开场多意外，但最终看起来是个良好的会面。尤其陈珏，那般冒失，不仅没有得罪客人，反而似乎因此而获得好感和信任。中国人的确令人难以理解，不可捉摸，可是，只要他们肯花钱，谁又在乎理不理解呢。

不等德·赛丝女士开口，陈珏主动道歉，自责刚才的失态。

德·赛丝女士瞟一眼周围的团队，先把陈珏叫到楼上办公室，才严厉地告诉她："一个优秀的销售人员永远要能控制自己的情绪，永远不能在客人面前失态。"

陈珏难为情地低下头："记住啦。不过，那一刻，我的确是太意外了，不知怎样跟您描述那种心情……"

不幸的是，我比谁都更了解那种感受——德·赛丝女士面无表情，心中默默回答。

见陈珏仍怅然若失的样子，德·赛丝女士低声说："给你一句忠告，失去的，不必刻意寻找，因为结果，也许是你更不想看到的。"

她缓缓地靠在椅背上，闭上眼睛，打发陈珏："你下楼去吧。"

一向严厉甚至有些冰冷的店长居然没有更多地责备她，陈珏很感意外。

整个下午，陈珏脑子里都想着王太太和宝红。天下竟有如此相像的两个人！王太太比宝红虽然双眼皮深些，鼻梁也高挺些，头发剪短了，染成铁锈红，可是，那轮廓，那神态，分明是宝红。同窗六年，同住一间宿舍，朝夕相处，陈珏不相信自己会认错人；然而，如果她真是宝红，为什么拒绝相认呢？

她百思不得其解。

第三章　难忘的往事

晚上一进家门，没等换好鞋，陈珏就迫不及待地喊亚历山大，将白天离奇的故事讲给他听。

亚历山大以前多次听陈珏说起过宝红其人和那份情同姐妹的友情，于是很快打消陈珏的疑虑。今天的女客人肯定不是宝红，因为宝红毫无理由拒认陈珏。

冷静下来，陈珏觉得亚历山大的分析有道理。的确，王太太是香港人，说国语带着粤语口音，哪里像云南小县城的宝红？

晚上，女儿熟睡后，陈珏请亚历山大踩在椅子上，将壁柜最上层的几只储物纸箱帮她搬下来。这些枣红色的大纸箱里，装着她生命中前二十年在中国的往事和回忆。那两大摞书信，装订成册，比字典还厚，每一封都字迹密密麻麻，记录着她与父母、同学间的点滴。那十几本大大小小发黄的日记，叙述着她年少时的辛劳与梦想。那些奖状奖牌，是当年的荣誉纪念。还有些小画片、小钥匙扣，是少女时代心爱的收藏。

她找出中学毕业照，前排最左边那个小女生，几乎是全班最矮的，就是宝红。后排中间，全班最高的长发女生，就是陈珏。大家都穿着统一的校服，白色衬衣，蓝裙子，那个年代特有的，既单调又单纯的色彩。全班女生看起来都很严肃，唯有宝红，笑得一脸灿烂，在一众女生中，显得那么突出。

那是高考前夕，大家都被紧张的复习备考折磨得疲惫不堪。而宝红知道自己肯定是考不上大学的，便早早放松。宝红冰雪聪明，可就是不会读教科书，不会考试，所以被列为差生和另类。老师天天找她训话，她奶奶拿她毫无办法，同学们也不喜欢整天嘻嘻哈哈的宝红；唯有陈珏，全年级排第一的全优生，对宝红的友情一如既往。

课间，她们喜欢坐在操场的栏杆上，聊琼瑶的言情小说，探讨友谊和她们似懂非懂的爱情，八卦某些老师的虚伪，说些关于人生社会的话题，憧憬毕业以后的未来。放学后，她们喜欢到校门口的小摊上，挑两张画片，看看别致的钥匙扣，分享一瓶汽水。两个女孩一高一矮，一优一差，是全校看起来最不般配的一对朋友，连老师和陈珏的父母都反对陈珏跟宝红混在一起。

陈珏全然不顾他人的异样眼光，没有疏远宝红的打算，可是功课日益繁重，闲暇的时间越来越少，她越来越多地被埋在高考复习里。陈珏的父母一再告诫她，小城封闭，毫无前途，一定要远走高飞。而高考成功，去北京、上海、广州等大城市读书，是唯一途径。陈珏刻苦攻读，宝红就是那时候开始交男朋友的，社会上的男友，不三不四的。她奶奶嫌她丢脸，却毫无办法管她。

陈珏坐在旧物中出神，往事犹如前世一般遥远。

亚历山大坐在客厅的另一边看着她。多年来，每当陈珏独自沉浸在往事回忆中，他便感到她近在咫尺，远在中国。

而当年初次见面，他正是被陈珏这副专注出神的模样吸引，对她充满好奇。

记得那是在春末夏初的美好季节，一个阳光明媚的周末，亚历山大在英国读书的表弟带了一帮同学来巴黎，参观卢浮宫，请在巴黎工作的他来陪同。陈珏是这帮同学中唯一的东方女生。大家相互介绍时，她只是点头微笑，拘谨得没有跟亚历山大握手；馆内参观时，她却跟着亚历山大，亦步亦趋，全神贯注听他讲解。亚历山大不禁窘迫，担心自己浓重的法语口音难懂，后悔没多练练英文。参观完毕，大家来到广场上，表弟和同学们嘻嘻哈哈在玻璃金字塔前拍照、说笑，陈珏却坐在喷水池边，独自出神发呆。亚历山大好奇地在她身边坐下，问她一切可好。陈珏点头感叹，那么多经典杰作，从前在中国上学时，只能在书本上读到，今天竟然亲眼看到，如梦如幻啊。亚历山大哑然失笑，他在巴黎长大，没上小学前，父母就带他参观过卢浮宫了；上学期间，跟着学校来过无数次；工作以后，这里是他文化生活的一部分。而陈珏却要漂洋过海才能得到这份幸运。忽然间，亚历山大对距离感有了不同的认识。

卢浮宫的相遇成就了他们的异国情缘。其实，这个跨国婚姻算是相当美满的。结婚十年，生了孩子，搬了多次家，他们依然是有商有量、有说有笑的一对。陈珏是个开朗的女人，众多的文化差异，不仅没有对他们的婚姻造成隔阂，反而为日常生活提供了许多笑料谈资。

可是，唯有这样的时刻，当陈珏把自己关闭在对往事的回忆中，亚历山大会感到自己依然是个外人，难以进入她心底的中国世界。

这些年来，虽然他阅读了许多书籍，从孔子的哲学和孙子兵法，到当代法国汉学家的中国游历散记，还每天关注中国的新闻报道，可是他的生命中没有中国生长的年轮，无法切身体会陈珏的故国情结。

虽然心怀挫折感，但他一直努力跨越这道夫妻之间的文化鸿沟。他关切地坐到陈珏身边，指着照片问："你在试着回忆宝红的样子吗？"

陈珏缓缓地说，最后一次见宝红，是在她大学二年级，留学前夕，她回到家乡，收拾行装，告别父母。八月下旬，陈珏出国前的一天，好些老同学都到家里来给她送行。

那时，出国犹如去外星球一样难。且不说，找到海外的经济担保，联系录取的学校，凑足学费，得到签证，这每一步都不是寻常百姓人家办得到的，就连护照，也很难办，要填很多表格，开好些证明，盖许多大大圆圆的红章子……

陈珏是中学全年级同学中唯一的幸运儿。大伙儿凑钱，买了块国产名牌女表，作为礼物，来为她送行。

陈珏的父母捧出冰镇西瓜和好多糖果招待大家，一帮年轻人说说笑笑好不热闹，一会儿恭维陈珏的父母好福气，有这么棒的女儿；一会儿打趣陈珏说，以后发达了，别忘了老同学。陈珏穿着她为了出国新购置的红色旗袍，被大家众星捧月般簇拥着合影留念。

宝红就是这个时候来的，站在院子门口，无论陈珏怎么劝说，就是不肯进来。

她用双手把宽松的丝裙抹平在肚子上，显出微微隆起的小腹，平静地说："四个月了，意大利人要回国，不肯结婚，我要去把他做掉。"意大利人是宝红以前打工酒店的住客，宝红跟他同居，违反酒店规定，被解雇了。奶奶羞得老脸没法见人，直骂她对不起祖宗八代。宝红不顾一切地爱他，依然是分手的结局。

陈珏又窘又慌，在这封闭的小城，未婚堕胎是无法启齿的丑闻，足以让整个家族蒙羞，让女孩一辈子抬不起头来做人。唉，早就劝她无数，可宝红的性格，哪里听劝。不论念书还是恋爱，她都不走正规的路。半晌，陈珏才终于说出话来：“去哪里做手术，会有危险吗？”

“不知道。”宝红眼神空洞，茫然望着院子里的银杏树，随即又很有担当地说，“车到山前必有路。”

她抬头看着陈珏：“倒是你，温室里的一朵花，要一个人闯荡外国，更让人担心。”说着，从包里拿出个信封，塞到陈珏手里说，“这些够你在英国俩月的生活费，留着应急。”

陈珏反应过来，自然推却。宝红低声狠狠地说：“别嫌弃！我自己的钱，打工的积蓄，从深圳倒衣服挣出来的，真当我是朋友就拿着。”

见陈珏不再推辞，宝红轻松一笑，露出小虎牙。她伸出双手，握住陈珏瘦弱的双臂，用力摇摇，好像是要拥抱告别，又好像是催促陈珏，快进去吧，屋里好像人挺多的，我走了。

那一代中国人，是多么含蓄，多么不善于表达情感！陈珏心里难过，却只说：“我到了英国会给你写信的。”

宝红展颜一笑，转身离去。阴天的风，将她薄薄的丝裙飘飘扬起，瘦小的身躯没有影子，脚步轻缓，好似心怀疑虑。陈珏不知她将往哪里去。

多年来，陈珏每每想起宝红，就是她最后展颜一笑，飘飘离去的那个样子。其实，事隔多年，当年的样子也模糊了，想起来的，不过是记忆中认为的那个样子。

亚历山大听罢，搂着陈珏的肩膀安慰道："明早给中国再打几个电话，说不定能问到些信息。"

"你真的认为王太太不是宝红吗？"陈珏想着王太太在洗手间门前，抬头笑望她的样子，似曾相识，好像也有小虎牙。

亚历山大打断她的幻想："当然不可能！你想想，你们曾经是那么好的朋友，你又没有做对不起她的事，她没有理由不认你。何况王太太今天这么成功富有，见到老朋友，岂不想炫富？倒是你，小售货员一个，应该装着不认识她呢！呵呵。"

"讨厌！"这讨厌二字，说起来简单，却是涵义丰富的中文词汇，结婚这么多年，陈珏用了上千次，几乎成了亚历山大的小名儿，可是他始终没有真正了解"讨厌"的全部内涵。它的本意解释起来，是"你让我厌烦了"，可是，根据说话的语气，它可以表达完全不同的意思。比如，用娇嗔的口气说，有点儿打情骂俏的亲热感；用恶狠狠的口气说，便是真的嫌恶了。

陈珏这会儿的口气是两者皆有。她一边佯嗔，一边把旧物收回储物箱里，关盖收好，就像关上回忆的大门。

第四章　巴黎古董双年展

两天以后，巴黎大皇宫。举世瞩目的古董双年展开幕之日终于到来。盛大的开幕酒会及晚宴将在七点开始举行。

下午，依照德·赛丝女士的安排，陈珏提前来到大皇宫做准备。恩吉到酒店去安排客人做Spa，化妆，换礼服，然后接来大皇宫出席活动。

其实，在今晚客人的安排上，中介将一对客人分给特妮迪，另一对则分给P品牌。挑选客人的时候，德·赛丝女士听从恩吉的建议，毫不犹豫选择了李氏夫妇。尽管陈珏汇报了王太太私下打听价格的情况，但这并不能说明什么。

陈珏第一次参加双年展，感觉既兴奋又好奇。她拎着两只大大的手袋，仰望着大皇宫气派的大门，踏着坡道走向工作人员入口。

会场设置了两道安全门，还要开包查验。第一次参加这样重大的活动，陈珏做足了准备：双年展的中法文资料，展品介绍用的iPad、晚装包、高跟鞋、充电器、化妆品等，将两只手袋塞得满满的。

进入大厅，陈珏眼前一亮。阳光从透明的穹顶照耀下来，室内犹如户外那么明亮。中庭和各路分支主道上，摆满了宴会桌，穿着黑白制服的宴会工作人员正在紧张有序地布置。

陈珏立刻将手袋搁在地上，拿出手机拍了两张全景照，发给恩吉让客人看。

前天，在店里看珠宝的时候，王太太和李太太提到过，她们各带了好几套礼服，不同颜色，不知穿哪一款出席双年展。穿红色旗袍，担心过于中国化；穿黑色礼服，担心不衬中国人的肤色；穿粉色，怕不显气场；穿白色，担心跟布景撞色……参加这么隆重的国际活动，她们很担心穿错衣服。场景照片应该有助于她们的挑选。

至于德·赛丝女士，就不必发给她了，反正她几乎只穿黑色。

从何时起，又是为何，黑色成为法国奢侈品的代表色呢？中国客人们已多次向陈珏问过这个问题。其实，黑色并不讨亚洲人喜欢，可是这么些年来，追随西方名牌的中国人也学会了穿黑色。品牌的力量的确强大，就拿香奈儿的购物袋为例吧，黑袋子上别一朵白花，怎么看都像是葬礼用品，可是中国顾客也接受了。

陈珏穿过宽大的中庭，一路观望寻找，终于在离出口最远的一条分支尽头，看到特妮迪的展位。市场部和陈列部的同事们正在紧张细致地布置展品，做最后的调整。展厅不过一百多平方米，却安置了近十位保安，前后入口还用红色的护栏封着。珠宝展品，件件价值连城，当然要严阵以待。

陈珏跟同事打着招呼，来到后台办公区。狭小的空间堆满了资料、外套、公文包、手袋、瓶装水等，剩下的空间勉强够两个瘦子并肩而立，陈珏上下张望，才找到一个小角落，把手袋和风衣塞进去。

接下来要做的是勘察环境。陈珏很快熟悉自家展区、主要参展商、去洗手间的路线等，并找到嘉宾名字牌对应的座位。

五点钟，德·赛丝女士到达，她果然穿着黑色晚礼服，紧身镂空的蕾丝长裙让她看起来婀娜高贵。

陈珏立即将展场细节向德·赛丝女士汇报，她满意地点头。这时，新总裁到了，向团队问好，看到德·赛丝女士，夸赞她如此美丽，令她十分快乐，她趁着这个难得的机会，跟总裁汇报工作情况。

将近七点，恩吉发来短信，说他们快到了。陈珏立即赶到大门口迎接。这时大皇宫正门前已有贵宾在等待。七点整，贵宾开始入场。

一辆辆黑色豪华轿车缓缓有序地在正门前停下，一位位珠光宝气的贵宾从车里出来。男女嘉宾不论年长年轻，高矮胖瘦，都用最高贵的姿态，最优雅的步履，带着最享受的神情，缓步走向大皇宫。

一场全巴黎乃至全球上流社会的红毯秀就这样展现在眼前。陈珏孤零零站在暗处，初秋的夜风吹在仅着单裙的身上，让她感到有些寒冷，八厘米的高跟鞋开始让她感到脚痛，但她依然看得津津有味。

终于看到恩吉从车里出来，他穿着黑色燕尾服，打着领结，尽管身材瘦小，看起来也精神气派。陈珏高兴地迎上去，问候陆续从车里出来的李氏和王氏夫妇。

李先生穿着深色西装，打着鲜红的领带，相对清一色打着黑领结的男宾们，显得格外扎眼。王先生穿着黑色中山装。两位先生走在前面。李太太穿着粉红色的无袖长礼裙，领口裙裾滚满了荷叶边，长长的卷发做成大波浪，妩媚地披在肩上，脖子上戴着一条醒目的紫晶项链。这造型虽然有些卡通，但她美得像花仙子。恩吉陪着李太太走在中间。

王太太最后从车里出来，她穿着烟灰色的真丝旗袍，沿着腰身，绣了枝月白色的水仙花。旗袍镶着银色的滚边，长至脚踝。她脚上一双银色高跟凉鞋，至少十厘米高。一头短发染得漆黑，弯弯的刘海服帖地搭在额前和两鬓，衬着两颊格外白嫩，两唇红艳似火。她佩戴的唯一珠宝是一条翡翠耳坠，细细长长的，从左耳摇曳到脖子。这身复古的打扮，让她看起来，就像是从三十年代的上海年画中走出来的美人。

陈珏陪着王太太走在最后。

一进大门，摄影师就过来照相。陈珏立刻离远点儿，让盛装的贵宾合影。镜头前的两位太太都像电影明星那么美丽耀眼，尤其王太太，满是自信的风采，相比之下，李太太有些拘谨怯场。王先生看着王太太，眼神中流露出不易察觉的欣赏和骄傲。陈珏这时终于确信，王太太不是宝红。

各组合影完毕，王太太示意摄影师给她和陈珏照张合影。陈珏有些意外，却大方上前。她因为不参加晚宴，便只穿了条样式简单经典的黑色连衣裙，戴着一条简单的白金项链，和王太太站在一起，越发陪衬出后者的雍容华贵。

王太太看着陈珏问："你怎么没穿长裙？妆也化得太淡了！"

陈珏笑着说："我不参加晚宴呢。"

晚宴不仅昂贵，并且席位有限，全公司各大区各个市场的同事都在争位子。应邀的贵宾已占去超过一半的席位，公司高管是必须要出席作陪的，论资排辈下来，德·赛丝女士本人都险些排不上，一直挂在等位名单上，直到最后一天才争到席位。说中文的销售员必须得给个位置，担当翻译。恩吉当然是德·赛丝女士的首选。陈珏不是高级珠宝销售，没有入席的资格。

这些内部情形，当然是不可以说给客人听的。

王太太有些惋惜地看着陈珏，陈珏不免感到难堪，只好找借口说："我孩子小，要早点儿回去陪孩子。"

"啊，你有孩子了，几岁呢？男孩还是女孩？"王太太颇感兴趣。

陈珏回答："小女孩，刚满七岁。您呢，有孩子吗？"

"有，两个，儿子！"王太太口气自豪。在中国，生两个男孩的女人可不多。

这时，陈珏的手机响起，看到是小樱的来电，陈珏带着歉意解释："对不起，这个电话必须要接，跟我女儿有关。"

王太太催促："没事儿，快接吧！"

"什么？！钥匙忘在屋里了？进不了家门？"陈珏一脸担心。小樱带米米去上舞蹈课，回来才发现没带钥匙。真是忙中添乱，亚历山大在外省出差，晚上十点后才会回来。陈珏现在是没法离开会场的，就算小樱来大皇宫取钥匙，陈珏也无法分身送去大门口。

情急之下，陈珏说：“身上有钱吗？那好，带米米去家里附近的餐厅吃晚餐，等我回来接你们！”

走在身边的王太太听到，关切地询问：“家里出事儿了？”陈珏掩饰着担心，略为解释。

说话间大家已经来到特妮迪展区，受到总裁、公司高管和德·赛丝女士的热情欢迎。客人们很快在贵宾室入座，抓紧时间看珠宝。

临时搭建的贵宾室空间有限，刚刚够摆放三张真皮沙发，中间一张长方形矮桌。两对贵宾坐下，德·赛丝女士也挨着恩吉在第三张沙发上坐下，这次她要亲自参与珠宝展示，志在必得。

陈珏站在门边，随时听命去取送珠宝。虽然从展示窗拿到贵宾室，不过几米之遥，公司仍特别为她配了保安。

红宝石戒指已有中东客人在隔壁贵宾室看，德·赛丝女士安排展示看几件今年新发布的珠宝，所用宝石都非常精美，既有珍贵的红宝石、蓝宝石、绿宝石，也有色彩缤纷的尖晶石、青金石、欧泊石、海蓝宝、紫晶石等。可是，客人反应却不热烈。再将两天前看好的那几件拿出来，客人却兴趣大减，比起两天前，他们变得挑剔了很多。

德·赛丝女士失望不解，请恩吉翻译给客人说："这几件都是你们前两天特别喜欢，我们特意帮你们留在一边的。"

李太太快言快语回答："没错，不过，这些天，我们看了好多宝贝，眼睛都挑花了！"

她拿出手机，翻出照片，骄傲地给德·赛丝女士和恩吉看："给你们看看我拍的，这是参观爱马仕工坊，这是在百达翡丽买表，这是卡地亚的欧洲总裁亲自接待我们，这是参加香奈儿的晚宴，这几件是宝格丽的珠宝，路易·威登新开张的珠宝店也请我们去看了。哦，看看这几张，是阿玛尼高级定制的时装秀，特意为我们俩举办的专场！这些模特就在我们身边走秀，可以随时伸手触摸她们身上的衣料。"

李太太越说越兴奋，这些照片，她晒到微信上，让国内的朋友好不羡慕妒忌！

德·赛丝女士从没听说过微信，李太太热心介绍它的功能。这是中国版的脸书（Facebook）和推特

（Twitter），但比这两样加起来还好用，可以发照片文字，语音留言，是目前中国最火的通信工具、社交媒体。

看来，短短两天，中介帮他们安排了多家顶级品牌的 VIP 接待，欣赏每一家最美妙的设计和顶级工艺，这让他们大开眼界，迅速提高了品位。不过，一口气被灌输太多，贵宾们有点儿消化不良，再吃任何珍馐都感觉不到美味。

无论怎么理解，总之，客人现在是迷失在过多的选择里，不知该如何选择了。

德·赛丝女士有些后悔两天前没有采用保守策略，将客人看中的那几件珠宝先卖掉。现在只能押宝在那只红宝石戒指上。

终于，陈珏将红宝石戒指用黑色托盘端进来，小心翼翼送到客人面前。她掀开丝绒方巾，四双眼睛便齐齐注视着这一方宝石，一时无语。陈珏将一只黑手套和一个放大镜摆在托盘边，邀请客人细细欣赏。

李先生当仁不让，戴上手套，拿起放大镜。恩吉细心地指导他变换手势，调整焦距。李先生看了足足五分钟，一动不动，一声不响。大家都沉默不语，等待他的反应。德·赛丝女士左看看恩吉，右看看陈珏，期盼能从他们的眼神里读到点儿信息，可惜谁都没能给她解释眼下的情形。

终于，李先生放下放大镜，看一眼戒指，放回托盘，仰头靠在沙发背上，长叹一声。大家都看着他，大气不敢出；他显然感受到了，仍然沉默，良久，抬手指示王先生："老弟，你看看。"

王先生学样在放大镜下略微看看，然后很有默契地将放大镜和手套递给王太太，后者立即迫不及待地研究这只红宝石戒指。

李先生终于打破沉默："哎呀，直到现在都感觉气喘啊。"众人更加不解地看着他。

恩吉把这话翻译成："李先生呼吸困难。"

德·赛丝女士紧张地看着李先生，问恩吉："他身体不适吗？"

李先生慢吞吞地说："这种石头，看了让人怦怦心跳啊！"说完，用手捂着心口，一双小眼睛在眼镜镜片后闪烁着狡黠的笑意。

王太太放下放大镜，嘴角露出耐人寻味的浅笑，这笑中的多重含义，只有少言寡语的王先生明白。她笑中有欣喜，王太太算得上半个宝石行家，知道遇上了稀有之宝；这笑中藏着一丝嘲讽，对李先生惯于夸张的做派；这笑中亦有无奈，这只珠宝价值连城是显而易见的。

恩吉建议李太太也看看，李太太大大咧咧地说："咱不必看了，就直接戴上试试。"她退下左手的周大福白金钻戒，伸出修长玉手，让恩吉帮她试戴，可惜戴在左手无名指上嫌小，只好戴在小指上。

红宝石钻戒在李太太白嫩修长的手指上显得异常华美，光泽夺目。在座各位都发出由衷的赞叹。德·赛丝女士连声说："完美，完美！"恩吉不失时机地强调："缅甸无烧红宝，9.19 克拉。"

李太太转动着玉手，兴奋地说："戴着它，在麻将桌上，该多有面子！还不羡慕死那些姐们儿！"边说边做出洗牌的样子。

德·赛丝女士笑容满面："这只古董戒指源于一个动人的爱情故事，并且，跟贵国紧密关联。"

见大家都好奇地看着她，德·赛丝女士开始讲述她了熟于心的故事：

“品牌创始人的长子路易先生是一位酷爱宝石的专家，上世纪四十年代初期，他远渡重洋，去缅甸寻找宝石。在那里，他结识了一位来自中国的宝石富商，并且与他美貌的女儿一见钟情。在那个年代，异国情缘阻力重重，路易先生逗留缅甸，耐心地等待求婚机会。

“不久，‘二战’硝烟从欧洲蔓延到亚洲，他被迫离开他爱慕的中国女子，返回欧洲。痴情的他在从缅甸带回来的宝石中，选出这颗最完美的红宝石，亲手设计，请自家工坊最好的师傅精工细作，制成这枚爱的杰作。

“时光荏苒，终于等来‘二战’结束，路易先生怀揣这枚红宝石戒指，远赴东方求婚。可惜中国公主已在战乱中患病身亡，路易先生失望而归。从此这枚举世无双的戒指一直陪伴在他身边，伴随他周游世界大半个世纪，也见证了他将品牌、将事业成功发展，如日中天。

“两年前，路易先生高龄去世，留下遗愿，希望这枚为爱而创作、饱含痴情的珠宝能流传于世，传承真爱，而不是深藏于冰冷的保险箱。”

德·赛丝女士一口气说完，在座各位无不动容。

恩吉非常实际地提醒客人：“可以想象，这只给自己心上人特别定制的珠宝，必定用的是最完美的红宝石，最倾注爱心的设计，最精湛的手工，这样的作品举世无双啊。”

陈珏情不自禁补充道：“并且它见证了前主人坚贞不渝的爱情。”

李先生拍着沙发椅背感慨：“物以稀为贵，这才是珍宝啊。而且还是古董！”这两年，古董、拍卖颇受中国有钱人追捧，代表着保值升值。

王先生王太太相互交换着眼神，不动声色。

恩吉将李先生的话翻译给德·赛丝女士，她立即向李先生竖起大拇指：“您非常有眼光！能拥有它是份幸运啊！”德·赛丝女士说得情真意切，不懂法语的人，也能感受得到她的语气诚恳。

李先生将头靠在沙发背上，似自言自语：“这些天，看了那么多东西，就这一件最养眼可心啊。”

王太太笑着恭维：“大哥的眼光，那还用说！”转头问恩吉，“多少钱来着？你那天报过的价？”

恩吉虽然对价格烂熟于心，还是认认真真翻开销售小手册，对照着念了一遍。

贵宾室里一阵沉默。李先生闭目养神。王先生依然面带笑容，但笑得很空洞。王太太对着红宝石戒指出神。李太太眉梢高抬，眼光炯炯发亮，在他们三人脸上逡巡；一时看不出所以然，便继续把玩红宝石戒指，爱不释手，脸色因兴奋而通红。

恰在此时，服务生送来精致的餐前小点心，件件赏心悦目，美味可口，愉悦贵宾的感官口味。德·赛丝女士改用英语娓娓细说，再次强调这枚红宝戒指的珍贵之处。

要知道，此时此刻，其他贵宾室里，同时在进行销售。总裁和全球各区的高管都集中在这里，就站在几米之外的展区门口，等待各区团队的捷报。倘若这件红宝石戒指能在今晚下单，那将是博得头彩的荣耀。

贵宾们神态各异，一边吃点心，一边点头。德·赛丝女士看了很受鼓舞，那是因为她不了解，中国人点头，常常仅仅是表达礼貌——我在听你说呢——而不一定代表同意你的观点。

“Every sha-la-la-la，Every wo-o-wo-o，still shines，Every shing-a-ling-a-ling…”一段卡朋特的《昨日重现》

忽然响起，打断德·赛丝女士的话。王太太伸手从晚装包里，拿出手机来接听，歌声戛然而止。

王太太设置的手机铃声，是当年在学校陈珏和宝红最喜欢的歌曲，是她们自己学唱的第一首英文歌。陈珏惊讶地看着王太太。王太太听着电话，不经意中，扫了陈珏一眼。

一屋子人，都屏住呼吸，关注着这个犹如不速之客的电话。大鱼刚咬钩，关键时刻，却让这个电话分了神！

恩吉从王太太的答话中，听出来是P品牌的人，要接王先生王太太去他们那边，便悄悄翻译给德·赛丝女士。

的确，如果不是客人要求，P品牌是不会让王先生王太太先过来的。各家宴请贵宾，都有费用支出，连着业绩目标。时间就是机会，谁愿意把机会让给竞争对手呢？

“好的，我们就出来，马上见。”王太太挂了电话，笑盈盈地向李先生道歉：“大哥，鸡尾酒会早就开始了，我们得去那边了。”

“哦，”李先生大手一挥，“那就先去吧，反正，我们也看得差不多了。”

看来似乎是揽上了颇有希望的大买家，可是一件都还没有敲定，情形真令人心悬！但德·赛丝女士毕竟在珠宝行业久经沙场，承受好事多磨的耐力和气度早已练就，她满脸笑容，不动声色地建议：“当然，当然，晚宴之后，或者明天，我们再继续欣赏。”

“啊哈，好的，好的，那就明天吧。”大家边说边往外走。

恩吉知道，中国人这么说明天见，有时只是口头的客套而已。为了增加定数，他对显然看中红宝石戒指的李先生说：“您看好的珠宝，我会帮您先保留起来，不过这件红宝石，也有别的客人感兴趣，不是故意催您，只是担心错失良机，明天早上，我去酒店接你们过来，大家再慢慢谈。您看好吗？”

李先生满口应承：“行啊。”

王太太听罢便说：“那就问你老板多给点儿折扣！趁你们大老板都在，赶快去要！”口气既是玩笑，也是命令式的。

“好的，好的，我们一定尽力！明天再谈。”恩吉亲热友好地笑着应承，大家说笑着往外走。刚到展厅门口，王先生王太太就被P品牌的人接走了。

这时大皇宫内已经人头攒动，满是盛装华服、珠光宝气的贵宾。穿着制服的侍者举着托盘，在人群中小心翼翼穿行，将香槟、鸡尾酒和精美点心呈献给宾客。德·赛丝女士和恩吉簇拥着李先生李太太，走向总裁和各国贵宾，很快就融入鲜花美酒、欢声笑语的盛大宴会中。

陈珏留在贵宾室，和市场部的同事及保安一起，将看过的珠宝一件件小心翼翼地收回到展示橱窗，然后请服务生将饮料点心收走。市场部高级珠宝主管这时过来询问销售会后的反馈，对明天的二次会谈出些建议。陈珏一一记下，留待明早向德·赛丝女士汇报。

后续工作完毕，已是晚上九点。做后台支持工作的同事们相约去吃员工晚餐，听说也是相当丰盛的。唯有陈珏不去，她惦记着女儿没有钥匙进家门，得赶快回去。

陈珏快步来到储藏室兼衣帽间，换下高跟鞋，这才感到双脚酸痛，她飞快地喷了放松雾剂，换上包里的平底芭蕾舞鞋，穿上深灰色的风衣，背着两个装得满满的包包，准备回家。

来到展厅正门，才发现宾客们早已入席，刀叉声显示着晚宴已经开始。一桌连一桌的筵席就摆在展区前的公共通道上，陈珏不敢想象，自己如何从这里，在众目睽睽之下，走出大皇宫。

她只得绕到展区后门，另找离开的通道。还好，后门开向工作区，几乎不会被宴会区的人看到。一位侍者正端着托盘往厨房区走，陈珏赶快上前询问出处。侍者几乎脚步不停，口气却是相当礼貌地回答："抱歉，我不知道。还是问保安吧。"

陈珏四下寻找，看到远处站着一位保安，如遇救星，赶快上前："请问，怎么走，才能避开所有的筵席，悄悄地出皇宫的大门？"

保安站在台阶上，低头看看陈珏，略有犹豫，然后说："我今晚才上岗，也不是十分清楚。不过，看见右边那屏风吗？绕到它后面，顺着走，应该就能到大门口。"

"哦，太好了，非常感谢！我这副拎着大包小包离场的样子，可不想被参加宴会的人们看到。"

陈珏心里惦记着女儿，已经有小樱的两个未接电话，她刚才拨回去，小樱却没接，陈珏更焦急着要回去。她一边在屏风后的通道上健步如飞，一边盘算着出去打个出租车，可以快点儿到家。平时她只用地铁月票，舍不得花钱坐出租车，可是，今天又急又累，心疼女儿还在外面等，决定花这个钱。

大皇宫到底有多大？这通道弯弯曲曲，好像长得没有尽头。她能清晰地听到屏风那边的音乐声，刀叉酒杯叮叮当当的撞击声和嗡嗡的谈话声。她抬起头，看到皇宫穹顶天蓝色的布景和淡紫的灯光，散发着优美的情调。薄薄的屏风那一侧，该是怎样的一幅豪华夜宴的盛景！

此时，谁也不会想到，屏风后面，有个中国女人，穿着平底芭蕾舞鞋，在厚厚的地毯上，健步如飞，悄无声息，犹如隐藏的精灵。

好像走了许久，转了好几个弯，也不见通道的尽头。前面又有转弯处，陈珏感到包里手机振动，担心是小樱的电话，她一边赶路，一边低头去找包里的手机。慌乱中，一阵乱翻，却摸不到手机，她愈加焦急，把两个包包都抓在左手，腾出右手去掏手机。就在摸到手机抓起来的一刹那，她脚下一滑，眨眼间，就摔倒在地上。

“哦噢！”她听到一片惊呼从身边传来，一时间不明白是怎么回事，只觉头脑一阵晕厥，一片空白，时间仿佛凝固。

陈珏不知道，但她很快就会看到，屏风走道的尽头，是大皇宫最靠出口的宴会区，她就在几张筵席不远处，在华服贵宾的众目睽睽之下，摔翻在地。

很快，有保安过来搀扶她，看到她脸色苍白，关切地询问她是否可以站起来。从下午到现在，陈珏滴水未进，这时才感到体力不支，但是，她一心只想快快脱离这万分尴尬的境况，便鼓足了气力，站起来，头也不抬，只请保安快点儿送她出大门。

尴尬屈辱的感觉牢牢地攫住陈珏，她恨不能变成隐形人，立即消失，立即逃离这个不属于她的地方，这个让她清晰看到自己低人一等的地方。她感到自己是唯一的失败者，要逃离成功者的花天酒地。

“等等！”身后有人用中文喊，声音虽低，但对母语的敏感，让陈珏立即驻足侧目。

王太太跟在身后，赶上来，伸手递上一只白色的手机。陈珏摔倒的时候，手机滑到王太太脚下，她拾起来，看到来电显示的头像，是个可爱的小女孩。陈珏把小樱的手机号码设置成女儿米米的头像。米米虽是混血儿，却颇有陈珏的神情。现在，手机上的头像已消失。

陈珏万万没想到，此时此刻，会与王太太四目相对，她接过手机，笑不出来，只抿了抿嘴。王太太伸出双手，握住陈珏瘦弱的双臂，用力摇摇，轻声地说：“快回家吧。”便转身离去。

恍然间，这情景似曾相识。顾不得多想，陈珏逃出大皇宫。

她从门前高高的台阶一级级飞奔下来，速度大概比灰姑娘子夜前逃离皇宫舞会还要快。

第五章　陈珏的困惑

外面天色尽黑，灯光稀疏，凉气袭人。陈珏转眼之间就从温暖如春的人间仙境，掉入黑暗冷清的现实世界。心急火燎中，她终于等到一辆出租车，还好，家就在埃菲尔铁塔附近，过了塞纳河，穿过几条街区，很快就能到。

坐上车，陈珏赶快查看手机。亚历山大留言，说飞机晚点，大概十二点后才能到家。小樱来电三次，留言两次，第一次说已带米米在餐厅吃了意大利面，第二次是米米留的，问妈妈什么时候回来。女儿的声音，在录音中听来，比平时讲话更显得幼小，连细细的呼气声都带着稚气。陈珏忍不住连听了两遍，心里软软的，忘掉了刚才的屈辱，却被更深的心疼和内疚缠得紧紧的。

好在这个时间不塞车，司机也是亚裔，陈珏一边央求他快点儿、快点儿，一边打电话给小樱。小樱的声音压得低低的，说她们早已出了餐厅，在超市旁的洗衣店里等，米米已经睡着了。陈珏的心又被狠狠地刺痛，米米长这么大，还是第一次进洗衣店，犹如无家可归的孩子。

出租车停在洗衣店门前，陈珏一边急忙付车资，跨下车，一边往洗衣店的玻璃窗里张望。此时，洗衣店里别无他人，只看到小樱靠窗而坐的背影和她身边那排椅背空档间，米米穿着红皮鞋的一双小脚。

陈珏推门进去，一阵热气扑面而来，米米头枕着小樱的腿，睡得很香的样子，小小的腿裹在粉色的芭蕾舞裤袜里，蜷缩起来。小樱高兴地说："您终于来了！米米问了好多次，妈妈什么时候来接我们。"小樱到底年轻，看不出陈珏忍了又忍，才没流下心酸的眼泪。

陈珏脱下风衣，包着米米，抱起来，紧紧搂在怀里。小樱帮忙拎着包包，跟着出了洗衣店。往家走的路上，陈珏忍不住埋怨小樱："为什么不在餐厅里等，竟然会把米米带去洗衣店？"

小樱委屈地说："是米米非要去的。她嫌餐厅人多，太吵闹，怎么都不肯多待。见洗衣店没人，就非要进来。”

米米在半睡半醒中听到，说：“妈妈，洗衣店里可暖和了，就像妈妈烘衣服的时候，浴室里那么暖暖和和的。”她趴在陈珏肩上，搂紧陈珏的脖子又说：“妈妈，我今天好想你。”女儿的热气呼在脖子上，陈珏的眼泪淌下来，带着温热，滑下脸颊。

米米乖巧地说：“小樱姐姐说，你今天办大展览，很重要，不能打扰你。我一直很乖，只给你打了一次电话。”

更多的泪水扑簌而落，陈珏努力克制着，不想让女儿察觉到，情不自禁把女儿抱得更紧，紧紧贴在身上。

这天半夜，亚历山大拖着行李回来。推开家门，没有灯光，清亮的月光，从厨房大大的落地窗照进来，洋洋洒洒，一直照到门厅，把地板洗得白白的。

看来陈珏没有像往常那样等他，已经去睡了。他把行李提起来，轻手轻脚进来，关好房门，脱下皮鞋。自从跟陈珏生活在一起，他就养成了进门脱鞋的习惯。

来到客厅，他却吓了一跳。地上铺满了白色的宣纸，每一张都涂着黑色的中国粗笔大字，龙飞凤舞，在皎洁的月光下，显得尤为黑白分明，散发着悲伤的情感。

书架前的空地上，陈珏在打坐。她的四周点了一圈白色的蜡烛。把自己圈在烛光里，意味着她将自己与外界隔绝，任何人都不可以打扰她。这是她多年前，第一次去巴黎圣母院回来后，得到的灵感。

陈珏打坐的习惯已有多年，但只在特殊的时刻，她才这样不厌其烦地秉烛打坐。

亚历山大站在门边，远远地看着陈珏，白衣长发，在月色烛光中，显得诡异。就算亲如夫妻，她的世界，总有些他不可触及、永远抵达不到的地方。

结婚多年，他从最初的不理解、有挫折感，到渐渐理解、渐渐接受，她这份独处的需要。这是她梳理心绪、自我沉淀的方式。有一部分精神世界、情感世界源自文化根源，刻着民族的、种族的烙印，光靠爱情，没有共同成长的经历，是永远达不到的。

亚历山大悄悄关上客厅的门，来到厨房，点亮灯。一切井然有序，看来陈珏没有吃晚餐。他脱下西装外套，开始轻手轻脚准备消夜。虽然忙碌了一天，但他知道，他和陈珏今晚会有一番长谈，一顿可口的晚餐会起到积极的作用。

亚历山大再次来到客厅的时候，陈珏闻声睁开双眼，这是她愿意交流的信号。他笑笑，学她的样子，盘腿坐在她对面，在蜡烛圈的外面。

“你今天遇到最糟糕的事情是什么？”亚历山大微笑着从最有效的问题开始。

“看到米米在洗衣店睡觉。”陈珏沉痛地解释经过，依然不能原谅自己。

“这不是你的错，别用一次意外事件，折磨自己。”

“还有，我觉得好失败，好丢脸。”陈珏讲到双年展的盛会，自己不仅没有资格参加，并且还丢人现眼地摔倒在王太太眼前。

“我已经不再追问王太太是不是宝红，如果她不是，跟我本来就没关系；如果她是，却不认我，就跟我更不会再有什么关系了。让我感到沮丧的是，这些王太太、李太太或是什么张太太，不见得比我聪明，比我能干，比我勤奋，可是人家好像都比我成功。”

“你看到她们戴珠宝，穿漂亮衣服，出入社交场合，就认定她们成功吗？这不像你的想法啊。”

“我知道，可是我觉得，她们得到了社会的认可，在社会上有地位。可是，我呢？我是谁？我的位置在哪里？我没有实现自己，所以我觉得好失败。”

“让我们暂且不去讨论是否当上了今晚的座上宾，就是得到了社会的认可，找到了自己的位置，就是成功；先告诉我，你是不是还相信你自己对成功的定义？”

“是的，成功就是实现自己的梦想。”陈珏看着一地字画。

亚历山大随手拾起一张粗笔勾画的大树，看着陈珏说：“我知道你心中有颗梦想的种子，你一定会实现它的。”

“谈何容易！你知道，我喜欢画树，因为我理想的状态，就是像我们家乡的银杏树那样，”陈珏指着墙上挂着的她画的云南银杏，“小小的种子，生根发芽，长成枝繁叶茂的大树，伸展舒畅；可是，在法国，我感觉自己就像一株盆栽，脚下只有方寸之土，明明被扭曲，还得做出美丽优雅的样子。”

亚历山大笑起来：“哈哈，盆栽女人，有意思。不过，不论是做大树女人还是盆栽女人，别忘了，快乐跟成功同样重要，甚至更重要，在法国住了这么多年，你得学着像法国人那样，懂得享受生活啊。”

“你知道，关于快乐的教育，我们中国人从来没接受过，我们只接受关于成功的教育。上学的时候，教育我们的古训是：万般皆下品，唯有读书高。工作的时候，我们得到的准则是：学而优则仕。从好的大学毕业了，不论进企业，还是政府，都要往上爬。而现今的社会，越来越应了那句老话，有钱能使鬼推磨。有钱就是成功。对中国人而言，快乐是需要前提条件的，只有成功了，才有资格讲快乐。”

陈珏实话实说。她知道自身有着中国教育的局限性，尽管在法国生活了这么多年，仍然学不来法国人及时行乐的能力。

“让我来告诉你，我今天遇到最糟糕的一件事，不，是两件事。”亚历山大脸色一沉，显出难得的严肃。

“我们集团的总裁，今天突然离职，对外宣布，是个人原因，但我们都知道，他是被辞退的。对于这个突如其来的变化，大家都感到震惊。高至集团总裁，一夜之间，就可从万人之上，跌下来，被淘汰。

“这还不是最糟糕的，再告诉你一件更糟糕的事：老爸下午打电话告诉我，菲利普叔叔被查出有癌症，索菲婶婶非常伤心。叔叔比老爸小三岁，才六十五，刚退休没多久，还没来得及享受退休生活呢！”

“哦！”陈珏从蜡烛圈里跨出来，和亚历山大拥抱在一起，她知道，亚历山大和他的叔叔多么亲近。一瞬间，那些关于失败丢脸的羞耻感烟消云散。在生死致命的考验前，才明白什么是人生真正的苦难。

她看着眼前深深爱她、了解她的丈夫，想着卧室里健康熟睡的女儿，此刻，只一心感恩这温暖舒适的家，这平凡平安的生活。

他们拥抱着，什么都不再说。半晌，亚历山大拍拍她的背：“嘿，别伤感！来吧，看我准备了什么？”

他们将地上那圈白蜡烛收在一只红色托盘里，端来厨房。亚历山大从烤炉里端出保着温的一锅汤，一盘中国米粉，盛在两只蓝白相间的中国大碗里，摆在厨房的小餐桌上，配上中国筷子、汤匙。他请陈珏坐下，就着烛光、月光，和他一起享用中国汤粉当消夜。

香味扑鼻，此刻的中餐暖胃更暖心。温暖踏实的感觉一点一点地填满内心的失落，陈珏不禁唏嘘人生无常，在幸运与不幸之间，也许只是一步之遥，在平凡与不凡之间，也许只是一念之差。

亚历山大何尝不感触良多，只是此刻，他已累得不愿多想，只随口说道："这就是人生。"这是法国人经典的口头禅，短短几个字，总结了多少感怀和难以言传的深意。

陈珏不由自主地重复："这就是人生……"

第六章　深夜的意外来电

第二天，因为双年展的缘故，总店的几位销售员轮流到大皇宫展厅值班。陈珏因为要参与接待李、王两对贵宾，被先安排过来。

这天是贵宾和媒体参观日，并没有对公众开放，所以，上午展场很空，中午过后，参观的人们才陆陆续续进来。

恩吉早上十点就去酒店接贵宾，却迟迟不归，直到下午三点多，才带着空车回到大皇宫。他把德·赛丝女士请到僻静角落，小心翼翼汇报，李先生李太太突然之间决定回中国，已乘中午的航班起飞。王先生和王太太有重要电话要打，不能离开酒店。

德·赛丝女士非常失望，心里窝火，却不能发泄。

这可不是在旺多姆广场的总店里，唯她独尊。现在，公司总裁、全球高管、贵宾、媒体、同行都在周围，压力只能自己默默承受。

在奢侈品行业优雅华丽的外表下，潜伏着巨大的业绩和利润压力。这些年，欧洲市场缺乏购买力，是众所周知的事实。大客户是中东人、俄罗斯人。近几年来，中国客人开始显出实力，可惜，他们是多么让人难懂。德·赛丝女士对日本客人的那点儿了解，并没有帮上忙。

看来，满心期盼的升职机会这次又要泡汤，德·赛丝女士二十多年前进入旺多姆广场，在几家品牌专卖店间转战打拼，好不容易从普通店员做到总店店长，却再也没有机会晋升。零售部门在公司虽然举足轻重，可是爬向管理层，仍是坐在办公室里的同事们近水楼台机会多。这些年，德·赛丝女士眼睁睁看着市场部的同事一个个上升，愤愤不平的同时，又为自己不再年轻的年龄日益焦虑。

恩吉一边庆幸没有被上司训个狗血淋头，一边惋惜眼看要到手的大生意，像鱼一样滑溜了。

恩吉本指望着靠双年展的机会崭露头角，得到晋升。

在法国工作八年，仍是普通销售员，回国跟亲戚朋友见面，给的经理头衔名片，都是自己私下里偷偷印的，这谎要撒到哪一天？

德·赛丝女士催促他赶快联系别的客人，寻找新的商机。恩吉后悔这些日子，全力以赴关注这两对中国大陆的VIP，没约别的客人，现在临时打电话，不仅很可能约不上，而且显得没诚意。

倒是陈珏，在巴黎华侨界约了几位商人客户，浙江籍的，特别是温州的客人，真是有点儿实力的，虽然没买高级珠宝，但是两三万欧元的首饰买了几件，十万欧元的腕表买了几只。大大小小的销售加起来，陈珏的业绩也拿得出手了。最占便宜的是，一方面，让公司看到她客人多，忙个不停；另一方面，她请来的客人能跟总裁合影，受到贵宾接待，不仅让客人感到有面子，也显得她很有面子。

恩吉不禁凑上去，问要不要帮忙。陈珏倒也大方，会把客人介绍给他。恩吉不得不内心承认，跟陈珏共事，还是比较舒服的。不像以前的一位中国同事，争起客人来，面红耳赤，指桑骂槐的。

接待客人的空当，陈珏关切地打听中国贵宾的最新消息。恩吉像法国人那样耸耸肩，撇着嘴，做出一副无可奈何的样子，略为解释。

陈珏说："难怪德·赛丝女士脸色突然不好看。"

"那当然，业绩是她的命，因为工作就是她全部的生活。"

"真可惜，像她这样漂亮的法国女人却还是单身。"

"你还不知道老大的故事吧。我们几个老同事私下里都听说过，老大年轻的时候，曾有过一个未婚夫，很有才华，考取了哈佛法学院。他们约定，赛丝打工挣钱供他读书，等他毕业后，再接赛丝去美国读书。赛丝不仅拿出了所有积蓄，而且整整两年同时打几份工，供养她的未婚夫求学。

"谁知道，那男人一毕业就毁了婚约，并且移情别恋他的日本女同学，富商的女儿。赛丝从巴黎追到纽约，又从纽约追到东京，最后，还是独自回到法国，在旺多姆广场一家珠宝店当销售员。怎料到，有一天，那男人带着他的日本老婆来买珠宝，竟然那么凑巧，是赛丝接待的。唉，你可以想象，她受了多大的刺激。"

“我懂了。”陈珏想到那天中国贵宾走后，德·赛丝女士在楼上办公室对她的那番忠告。

“挺可怜的吧。”

“嗯，难怪她至今未婚，孑然一身。我想她这样要强，这样注重美丽，一定是想做给他看，让他终有后悔的那一天。”

恩吉点点头：“这些故事，你知道就好，不必再传了。”

陈珏连声说：“不会，不会。但愿她能如愿。”

“祝福有什么用，还是帮她多卖珠宝吧。”恩吉总是这么实际，边说边拿出手机，又给王太太打电话，对方还是没有接听。

陈珏看到，不禁又说起王太太跟她的老同学实在太相似。恩吉马上断言，不可能！他想，已经跑了一对客人，陈珏可不要动心思，想抢走剩下的这一对。

晚上回家睡觉前，陈珏一边在床边的地毯上做瑜伽，一边将客人失踪的事情讲给亚历山大听。

亚历山大靠在床头，用iPad查邮件，听罢，打趣说：“你们的东西是天价，客人吃喝玩乐过了，就来个金蝉脱壳。”

陈珏说："不至于吧。我入这行时间不长，还不了解这个档次的客人。不过，珠宝是可有可无的东西，全凭客人兴趣，买与不买，都在客人一念之间。"

"既然如此，就不能追得太紧，越追人家越要跑。"

"可惜那王太太，总让我想起宝红，真的好难相信，她们是完全不同的两个人。我真想有机会给她看看宝红的照片，对她来说，知道在这世界上，有个跟自己如此相像的人，应该也很有趣吧。啊，也许，她们是从小失散的双胞胎呢！"

这个猜测让陈珏很兴奋。亚历山大一把抓过陈珏："歇歇吧，宝红让你走火入魔了。还是上床来，看看我是不是你的双胞胎吧。"

夜里，陈珏被手机铃声吵醒。手机放在客厅里，她赶紧下床去找，生怕吵醒隔壁房间的米米。

深更半夜，什么人打电话来？莫不是国内的人弄错时差？

陈珏打开客厅的灯，抓起手机，一看，果然是国内的陌生号码。

"喂——？"陈珏好奇地问。

“小珏吗？”

“是我。请问是哪位？”陈珏愈发好奇，小珏是她的中文名字，就是Jade的意思，只是这些年，不论法国的朋友，还是中国的客人，都称她Jade，只有家里人和老朋友才叫她的中文小名。

“小珏，我是宝红——”

“什么？你是谁？！”陈珏跌坐在沙发上，仿佛梦境一般。

“小珏，我是王太太，也是宝红。对不起，这些天一直没有机会向你说明。本来，想约你单独见面，细细解释的……”王太太口气真诚，充满焦急，“小珏，现在电话上说不清。先得请你帮个忙，很紧急！我老公腰椎的老毛病犯了，痛得不行。酒店安排了Spa，派了按摩师，都不管用，还越弄越疼。这会儿，瘫在床上不能动了！这深更半夜的，我人生地不熟，急得没办法，只好找你！”

“没关系。”陈珏早已睡意全无，一心想帮忙，“我赶快找点儿中药膏，马上送过来！”

“不行的，他这毛病，非得扎针灸，扎两针就立马见效。你能找到中医吗？”

“在巴黎住了这些年，中医倒是认识两位。只是这个时间，凌晨一点多…… ”陈珏看着数码音响上显示的时间，踌躇着，跟哪位中医交情更深些，可以这么晚去打扰。

“没关系，我们多少钱都出，只要中医能来一趟。”王太太——应该称她宝红，认定钱能搞定一切。

这时，亚历山大也从卧室来到客厅，把耳朵凑在手机边，好奇又担心地小声问道：“发生什么事了？”

陈珏看了一眼亚历山大，想起以前要给他拔火罐的梁医生，十分热心，决定给梁医生打电话。

“好的，宝红，我这就去请中医。你们的房间号码是多少？好的，记下了，别担心，我尽快带医生过来！”

半个小时后，四季酒店的侍者带着陈珏、亚历山大和梁中医来到二楼的套房前。应声来开门的是王太太宝红，她穿着白色的棉织休闲装，酒店的平底拖鞋，看起来十分娇小。

进门后，陈珏简短介绍了亚历山大和梁医生。亚历山大不放心陈珏夜里一个人出来，又十分好奇王太太真的变成宝红，便开车陪陈珏来酒店。梁医生自己开车过来，他五十开外，干瘦矍铄，小眼睛藏在仿玳瑁眼镜框后面，不太与人做目光接触。他拎着大大的出诊箱，不打招呼，只是问，病人在哪里。

宝红带大家去卧室，进门前，把陈珏拉在一边，小声说："在我老公面前，不要叫我宝红。迟点儿再向你解释。"

王先生躺在床上，脸色苍白，表情痛苦，勉强哼一声，算是打招呼。

梁医生出身中医世家，是中山医科大学毕业的高才生。一九八九年夏天，他来巴黎探望在这里做交换学者的太太，便就此留在法国。他在巴黎行医二十多年，可惜始终没有行医执照，因为没有法国医学院的文凭。梁医生的法语说得像广东方言一样难懂，却因为他的医术和人品，结交了一批固定的病人。亚历山大还去他的诊所做过针灸减肥。

亚历山大帮着梁医生把王先生翻个身，成俯卧状。王先生疼得直咧嘴。王太太指着他腰椎至尾骨和坐骨神经一片，介绍病情：

“这些都是旧伤，当年开煤窑，勘察、开凿、搬运，都是他带着一帮兄弟，亲力亲为干出来的，什么样的艰难没尝过。如今是熬出头，风光了，可这些旧伤一辈子都跟着，说不准什么时候就犯。这些天出国，活动太多，本来就累，昨天国内又出一摊子事儿，一着急心焦，这老毛病就犯了。”

梁医生摸着病人的肌理、穴位，一边询问病人的反应。然后打开医疗箱，拿出银针，搽上酒精，斜刺，分别扎在肾俞穴、大肠俞穴、委中穴等处，进针一寸，缓缓拧转。王先生舒服地呻吟着：“哎，哎，感觉这脉络打通了，一股气顺了！”

半个小时后，梁医生收了银针，拿出十几只火罐，麻利地用酒精烧成真空，扣在王先生背上。亚历山大看了立即对陈珏说：“你看这些酸奶瓶子，他上次也要往我背上扣，我怎么都不肯。”

陈珏笑着把酸奶瓶子翻译给大家听，大家都哈哈大笑，气氛一下轻松起来。

梁医生拿掉火罐，王先生的背上显出一圈圈紫红色的淤血，他用口音很重的法语向亚历山大解释：“这些淤血，是身体里的湿气，用火罐拔出来，人体就感觉轻松了。您得试过，才会明白那种感觉。”

亚历山大连连摆手：“多谢邀请，我还是情愿蒸桑拿啊。”

陈珏翻译了这段对话，王先生这时已疼痛舒缓，高兴地说：“好啊，以后到中国，我请你去最高级的桑拿！”

王太太拿了只信封给梁医生，千恩万谢。梁医生话不多，谦虚两句，留下名片，先走一步。

时间已是夜里三点多，陈珏和亚历山大也起身告辞。王先生王太太又一再感谢陈珏两口子。王先生疼痛了一整天，没合眼，现在终于可以睡个安稳觉了。

王太太一边帮他关上卧室的门，一边说：“我反倒是睡意全无。小珏，你如果还有精神，就再坐一会儿，喝杯茶吧。”

陈珏心里怦然一跳，这是她期待已久的时刻。她和亚历山大交换眼神，彼此明白，多日的谜底就要揭开了。

亚历山大善解人意地抱抱陈珏的肩膀：“那我先回去了，米米一个人在家睡。”他习惯性地在陈珏唇上印个吻，跟王太太握手告别，然后开门离去。

“没想到，你会嫁个浪漫的法国老公。”宝红有感而发。

“没想到，我们会这样重逢！”陈珏冲口而出。

宝红竖起食指，示意陈珏轻声，转头看看卧室的门，领着陈珏来到客厅。

第七章　宝红的秘密

客厅有五十多平米大，典型的欧式设计，水晶吊灯下，摆着两张宽大的三人座沙发。长方形的矮桌上，摆着一大瓶粉色的玫瑰花，淡绿色的拉杜丽糕点盒，棕色的乐美颂礼盒，一支巴黎之花香槟很醒目地摆在香槟桶里。地上堆着七八个大大的购物袋：爱马仕、香奈儿、迪奥、普拉达、华伦天奴、菲拉格慕等。

在巴黎住这么久，陈珏还是第一次来到宫殿级酒店的豪华套房。这样的环境，属于王太太，而不是宝红。陈珏意识到自己这么四处打量，很不得体，便有些窘迫地选了张长沙发，靠边坐下。

王太太端来两杯温热的矿泉水加柠檬片，递给陈珏一杯："来，喝这个，比茶水更好，防癌的。"

她在长沙发的另一头坐下，将茶几上的各种食品盒推开："这些都是品牌送的，太甜了。来吃这个，自家带的。"说着，打开一只红色茶盒，递到陈珏面前，"油盐花生米，带红皮的，记得吧，咱小时候最喜欢吃这个，老王也爱吃，"她指指隔壁的卧室，"这是咱自家厨子炒的，特意带出国，怕西餐吃不惯。"

陈珏看了扑哧一笑。两人各倒一把，捧在手心里吃。陈珏吃了两颗，便由衷赞叹："正宗！正宗！出国后，还是头一次吃到这么正宗的油盐花生米。"

宝红笑她："油盐花生米，又不是什么金贵的东西！"

"可是，法国平底锅是炒不出这个效果的，得要用中国大铁锅，还得掌握好火候，才能炒出这又香又脆的口感。"

"没错！还有，放盐也是要有水准的，早一点儿，晚一点儿，多一点儿，少一点儿，都弄不出这个滋味。"

"是啊，记得我们小时候，最馋的美味就是它了。空口吃也好，下饭吃也好，大人们用来下酒也很过瘾的。一颗，一颗，百嚼不厌！"

"记得吗，咱们住校的那几年，每个星期从家里炒了，装在小玻璃罐里，带去学校，就是我们一周的零嘴儿。”

“唉，那时候的日子，就像昨天一样清晰。”陈珏出神地说。

“又像上辈子那样遥远。”宝红缓缓地说。

她擦干净双手，抱膝而坐，看着陈珏说：“你知道吗，再见你的感觉很奇怪，你好像没什么变化，眼神、语气、神态、性格，还是以前在学校那个样子。而我，恐怕变得你认不出来了吧。”

“不是我认不出你来，而是你不认我。”陈珏说得很直率，一面有点儿顾虑让宝红面子上过不去，一面又为自己喝彩，终于把这个敏感并且让她无比困扰的问题说出来。亚历山大常夸奖她这点最可贵，有问题不摆脸色，不赌气，总能用沟通的方式表达出来。

陈珏索性把话说完：“自从那天在店里见到你，我心里有一百个疑惑，明明就是你，为什么不承认？是我曾经做错了什么，伤害了你？还是我今天这个样子，配不上跟你做朋友？”

“都不是，千万别那么说你自己！”宝红心疼地阻拦陈珏贬低自己，“我倘若能有一个真心的朋友，那就是你；我倘若能得到一个真正的姐妹，那只能是你。可是，我不能认你。”

宝红看着陈珏不解的眼神，平静地说：“其实，原因很简单，我不能让我老公知道我的往事。”

看着陈珏更加迷惑的样子，宝红半自嘲半伤感地说：“我们两个之间，从前，你是单纯美好，受众人赞扬的榜样；我是不走正道，遭人白眼的另类。时隔多年，跨了半个地球重逢，你还是那个单纯美好，真正的你；而我的人生，已改变得不知道自己姓甚名谁了。”

宝红把柠檬片含在嘴里，就着酸味，做个苦脸：“这些年，我心里揣着个秘密，说不上有多沉重，但从此永远都要隐藏自己。”

宝红看一眼陈珏，一笑：“人生真的很有意思，分别这么多年，重逢，你给我的感觉，就像我们的友谊从来没有断过似的。那天，在你们店里，你看到我的那一瞬间，流下泪来。这份实实在在的真情，深深地感动了我，那是我多年来最幸福的时刻。我知道，我那无人可知的过去，藏在你的记忆里，我终于有一个可以让我取下面具，真实相对的朋友。好吧，让我来告诉你，我的故事。

“这个时候，真该倒杯红酒，可惜自从跟老公结婚，我便滴酒不沾了，生怕酒后吐真言。”宝红做个鬼脸，抓过大大的抱枕，紧紧拥住，好像要找一点儿安全感，一份支持。

陈珏默默无言，静静地看着宝红，像从前那样，专注地聆听。

“从哪儿说起呢？唉，还记得你出国那时，我正怀着意大利人的胎儿？做掉后，我去了深圳。我没本事出国，当年的深圳，就是离外国最近的地方了。一开始，找不到事做，最惨的时候，兜儿里只有十块钱，撑着过了一个星期，来月经，连卫生巾都买不起。后来，终于在酒店，当上公关，深圳的老外多，我英语越练越流利、越地道，还跟个在大亚湾核电站工作的法国人相处了几个月，心想着，如果能跟他到法国，离你留学的英国也不远呢。结果，他要回国的时候，才说是有老婆孩子的。在中国的老外，都他妈混蛋！从此，我下定决心，死了嫁老外的念头。

“酒店里，有个香港来的女人，比我们大十多岁，算是大姐大吧，常常开导我，女人要趁年轻，多赚钱，多享受。赚钱便是赚男人的钱，最容易。她先带我开了双眼皮，垫高了鼻子，然后，带我去各种饭局，见她那些从香港来的大客户。不久，我就在饭局上认识了老杨。老杨五十多岁，第一次见面，就告诉我，他在香港有老婆有儿子。他人挺诚恳的，也不像别的男人，油腔滑调，动手动脚。后来他单独约我，我便跟他出去。

“不久，老杨在深圳买了房子，布置好了以后，才带我去看。那是在高档住宅区的一套四房两厅的公寓，复式的，铺着全木的地板，家具、电器、厨浴设备都是崭新高档进口的，比我梦想的还好。老杨把钥匙给我，说，这就是我们的家了。我知道我要当的是二奶，可是看到这套房子，我就再也不想回到酒店宿舍，巴掌大，八个女孩挤在四张高低床上，一年四季的衣物全装在箱子里，夜里关上蚊帐睡觉，热得汗流不停。厕所和冲凉房都在外面，整天散发着挥不去的臭味。现在想起来，还恶心。于是当天，我就搬家了。一个月后，就辞掉了工作，成了专职二奶。”

宝红侃侃而谈，仿佛说着人家的故事。陈珏不禁担心地指指卧室的门，宝红的老公在里面，不会听见吧。

“放心，老王睡觉，三个闹钟都叫不醒。更何况，疼了一天一夜没睡，又为姓李的事操透了心——等会儿再给你讲姓李的事儿——总之，这一觉，他睡十个钟头都不会醒呢。

“老杨的生意很多，后来我渐渐知道，他是个不折不扣的大老板，除了经营房地产，还做木材、矿产、家具、灯具生意，不少出口到美国、欧洲、澳洲。因为我英语好，他有时带我去见些外国客户。我在酒店跟老外打交道学的那些都派上用场了，常常把老外的接待行程安排得让他们很开心。从此，老杨应酬、谈判、饭局什么的都带上我，他说我年纪轻轻，却懂得察言观色，说话得体，值得栽培。跟着老杨，我真的学了很多生意之道和待人处事的经验。我不贪心，也不花心，帮他把深圳的家和内地的生意看得好好的，深得老杨欢心。

“我们就那样过了十年，可是，我不想一辈子当二奶。三十岁那一年，我跟老杨说，从二十岁到三十岁，我把女人最青春的十年给了你。你若真心疼我，就给我一条有前途的路。老杨流泪了，那是我第一次看到这个老男人的眼泪。他说：‘看来，我们的缘分尽了，你是个有心气的女人，我没看走眼。’我三十一岁那年，老杨送给我三份礼物：深圳的房子过户到我的名下；请了律师，帮我申请香港的居留证；给我一张存折，作为留学的费用。

“我很快去了太平洋一个默默无名的小国，改了名字，改了年龄，改了身份，然后去加拿大学了一年旅游管理。现在的老公遇到我的时候，看到的是一个华侨的女儿，在海外和香港长大，拿洋文凭，说一口流利的英语、粤语、国语，芳龄二十五。呵呵！”宝红忍不住笑起来，笑中带着自嘲和讥讽，“所以我怎么可能有你这么‘老’的内地老同学嘛？！”

陈珏不由得跟着笑起来，疲劳加情绪激动，让她们都有点儿神经质的感觉。这些故事，宝红是第一次讲出来。往事不堪回首，她常常拒绝回忆，没想到，今夜在巴黎，会在多年不见的老同学面前，一口气连底倒出。时差，异国他乡的氛围，这些天穷奢极侈的经历，和这二十四小时以来的慌乱，让她有种身在梦境，不知自己究竟是谁的感觉。

陈珏更是犹如听天方夜谭。虽然她知道，这些年在中国，什么事都可能发生，各种离婚、重婚、欺诈、拐卖、凶杀的故事，网上日日可见。可是，这样的经历，就发生在自己儿时同伴的身上，还是令她很感震撼。

“难怪，这些年，你跟从前的朋友同学都断了联系，大家怎么都找不到你！”

“是的，反正我在老家也没什么亲人了。我爸妈早就失踪，完全不要我了，这你是知道的。我奶奶在我跟着老杨的时候就没了，谢天谢地，她老人家至死都不知道真相。用老杨的钱，我把奶奶的晚年生活安排得很好，丧事也隆重，算是给奶奶养老送终了，多少有点儿安慰。

“常常，我觉得，这一生，四十年的光阴，却已经过了三辈子：从前在内地老家是一辈子，出身低下，一穷二白，考不上大学，受人白眼；跟着老杨在深圳是第二辈子，名不正，言不顺，自欺欺人过了十年，可以说是卖身；这第三辈子，就眼下的日子。”

陈珏看看豪华的酒店套房，一地的名牌购物袋。这可是在巴黎，全球富豪能得到的最高享受，也不会超过这个水平。她不禁反问宝红：“这第三辈子，不是挺好吗？成为巴黎百年世家珠宝名牌的座上宾，参加国际上流社会的聚会，得到这么多名牌的追捧，VIP接待，你不觉得自己很成功吗？”

“对我，那是一种玩过山车游戏的感觉，白天，在众人前，很精彩，很荣耀，甚至很刺激，可是游戏结束的夜晚，难以接受落差，直面真实的自己。尤其在老公面前，怎么也赶不走那心虚的感觉。他对我越好，我越害怕。这些年，我帮着他打拼天下，公司做得越大，越成功，越出名，我内心的惶恐就越深。生怕哪一天，被人认出来，戳穿往事。我不敢想象，万一老公知道真相，结局将如何……”宝红的声音越来越小，慢慢陷入恐惧的想象中。

“共同生活了这么久，为什么没找机会跟他坦白解释呢？”

“你还是那么天真！哪个男人能接受自己的老婆曾经是人家的二奶？更何况，像他这样成功的男人。退一万步，就算他大度，不计前嫌，那份夫妻间的信任也永远不会再有了。这些年，在中国，最糟糕的问题，就是信任危机！举国上下，衣食住行，样样都有假。开发商偷工减料，建筑金玉其外，败絮其中，桥梁会塌，房子会垮，不可信；医生收红包，开假药，不可信；老师正课不好好上，放学补课，赚外快，不可信。吃的肉是假的，奶粉是假的……诸如此类，细数不完的。就连夫妻之间，也是有欺骗，有隐瞒的，我就是个活生生的例子。”宝红说得垂头丧气。

陈珏看了不忍，便安慰说：“我听到过这样一种说法，中国的一年，相当于法国的三年。其实不止，人家西方国家，用两百年实现的变化，我们在三十年里完成了。如今的中国，就像一辆超高速列车。身处其中，你只能求快，求发展，至于手段和方式，就像有人说的，好像没有几个人是白的，整个社会不黑也灰，谁又有资格评判他人呢。”

“其实，最难过的关，不是他人的评判，而是自己的良知。现在社会，笑贫不笑娼，外人看的，只是你的金钱和地位。只有自己知道，人处在底层的时候，一心想的，就是改变命运，出人头地，不被生活的重担压死，穷不择路。可是，成功之后，却无法真正认可自己，因为，一路走来，太多扭曲，太多不洁的往事，金钱地位摆不平内心的良知。所以，你看到那么多人去做慈善，分出去的是财富，换回来的是一点儿心安的感觉。”

“是啊，人之初，性本善，八百年前的《三字经》就这么总结人性。”这正面的国学教育，中国每个上学的孩子从小就接受。

“良知不安，就无法快乐。”

“因为快乐，就是认可自己，找到自我的和谐。”陈珏若有所思。

“你看你，还是那么文绉绉的，学生腔，这些年的海外生活，似乎没有改变你。”宝红用挖苦的口气，表达她对陈珏的欣赏。

陈珏摇头：“没什么好赞扬的，我也有我的烦恼。出国多年，事业无成。比起留在国内的同学，差远了。想当年，有资格留学的都是佼佼者，以为出国是上了快车。谁料到，中国提速发展，让我们这些留在海外的人，错失多少机会。”

“哎，是哪个哲学家说过，人不能同时踏进两条河流？上学那会儿必背的格言呐。”

“人不能两次踏入同一条河流！”陈珏笑着纠正，

“年少时不解其意，死记硬背，如今终于有了切身体会，时过境迁，错过的时机，便是永远错过了。如今，国内的同学，大多身居要职，当老板，当银行行长，当政府干部；而我，从留学生，到家庭主妇，到售货员，真心惭愧。”

“是啊，真是可惜！你从前一直是我们班的第一名，画也画得好，多才多艺，每次跟别人说起你，我都很骄傲呢。告诉我，那么多法国公司跟中国做生意，应该特别需要你这样有双重文化的人，你怎么没找到更好的工作？”

“当年在英国毕业，考了会计证，在一家财务公司工作，本来还是不错的。后来跟亚历山大结婚，来到巴黎，不懂法语，一切都得从头再来。法国经济一直不好，找工作不容易。后来亚历山大工作调动到外省，家搬过去，工作机会比巴黎更少，我一边学法语，一边找些短期小工做做。法国工作合同分长期短期，短期合同，期满你就自动走人，公司用人灵活性大，压力小，所以，常常愿意给短期合同。要拿长期合同，恨不得比登天还难。亚历山大工作发展还好，说，那就生孩子吧。孩子生下，在家带她三年，直到她三岁上幼儿园，我才重新再找工作。

“不久，亚历山大工作调回巴黎，家又搬回来。这时，中国游客已接踵而至，巴黎各大景点，随处可见中国游客。我没费多少周折，就在一家百货公司找到卖皮包的工作。一开始，我是很不情愿的，读了那么多年书，最后只能去卖皮包。可是，法国能给我们这些移民提供的机会实在有限，人不能不面对现实。

“法国奢侈品牌的包包，你知道的，国人不是买，而是抢，跟不要钱似的。我的包包卖得多，工作很快转正，拿到长期合同。收入也可观，各种奖金、提成加起来，比亚历山大高级白领的工资拿得还多。最初一段时间，我还蛮兴奋，满积极的，既有自己的收入，经济独立了，又能讲中文，跟自己同胞打交道，结交好多导游朋友。店长看我工作好，也有英国商校的文凭——法国人是非常看重文凭的——于是提升我做副店长。”

“就是，金子在哪里都会发光的，以你的能力，当个店长也绰绰有余！”宝红还是跟从前一样，处处维护陈珏，像维护心目中的偶像，也像维护自己的姐妹。

陈珏感激地笑笑，多年时空的距离，没有冲淡她们的情谊，今夜长谈，就像她们不曾分离，那份坦诚，那份信任，依然如故。这样的谈心，不需修饰，不加保留，不怕暴露内心的自卑感、挫折感，不必担心不被理解，是多么幸福的感觉，唯有在多年挚友面前，才有这份彻底和释然。

陈珏继续说："我也差点儿被这小小的成功熏得安于现状，忘记了自己最初的梦想。直到有一天，在商场工作时，被爸妈的老同事撞见。他们跟旅行团来法国旅游，回国后，便幸灾乐祸地在整个大院里议论纷纷，老陈的女儿在国外混得真差，只是个卖皮包的售货员。爸爸妈妈本是一直受人羡慕，有个大院里最有出息的女儿；这下却颜面扫地，直呼白白培养我上大学，送我留学，我妈更急得高血压住医院。唉，都怪我，一直把在法国事业无成的情况瞒着家里，只说在大名鼎鼎的奢侈品牌工作……

"这个打击，让我开始认真思考，我是谁？什么是我内心深处真正的愿望？迷茫中，亚历山大鼓励我去进修绘画。你知道，我从小就爱绘画，可是家里为了让我专注功课，反对我，限制我把时间浪费在‘涂鸦’上。这个发自内心的喜好，就像一粒种子埋在心底，多年后，终于在法国，找到最适合生长的土壤气候。我们看了许多博物馆，艺术廊，画展，买了很多旧画册，提高鉴赏能力！而法国的风光，自然光线，简直就是最完美的画面！记得住在外省的时候，特别是米米上学以后，我常常出去写生，在画笔和颜料中度过一天的时光。绘画是我的人生梦想，于是在老公的支持下，我去艺术学校上课，离梦想接近一步。”

“看得出，你的老公很疼你，虽然是个老外，但也满了解你支持你的。可是，那又怎么会去卖珠宝哪？”

“阴差阳错，大半年前，我在网上看到，公司招聘珠宝设计师，于是兴冲冲寄上简历。谁知道，面试的时候才得知，公司想招我做销售。这一年来，渐渐有中国顾客对珠宝收藏感兴趣，公司需要懂中文的销售，看好我的经验和背景，便说服我做了销售顾问。我想先做着，一边学习珠宝，一边继续绘画，寻找设计机会。”

陈珏笑望着宝红：“你看，这就是我的经历，平平淡淡，没什么精彩可言。”

宝红若有所思："其实，平平淡淡，平平安安才是福。精彩的人生，难免大起大落，朝不保夕。你这些年在国外，虽然错过了中国发展百年不遇的机遇，但也避免了心灵、精神的折磨。国内人心浮躁，变化太多，不是你能想象的。"

她犹豫片刻，下决心说："你知道老李和他的小三——他带来巴黎的女人当然不是他老婆，是小三——为什么突然回国？他们上面的头儿出大事了，搞不好会把他们一锅端，现在赶快回国销赃，找关系摆平。这次，极可能出大事，具体不跟你说，反正知道了，对你也不好。其实，煤矿的黄金十年就要过去了，我们的生意早已转型，但是手上还有一片矿区，想转让出手。有些关键的手续，需要老李帮忙。所以，你该明白，我们之所以把他们请到巴黎来玩，花大钱送礼，因为他能帮我们办事。"

"那么说，这些开销都是你们出的，买珠宝，也是由你们来付钱的。怪不得那天你故意把我叫到洗手间问价钱！"

"嗯哼！"宝红冷冷一笑，又不免颇有几分得意，

“那天在你们店里，当着老李的面不方便问价钱，所以我把你叫到洗手间问，然后短信跟老公商量。”

“哇，真搞笑，我们公司上上下下，都把李先生李太太当成超级 VIP，把你们夫妇当成陪同呢！”陈珏拍手大笑，想起这两天的安排接待，德·赛丝女士和恩吉对李先生李太太的殷勤，实在是太滑稽了，“不显山，不露水，真人不露相，我真的太为你们骄傲了！”陈珏简直觉得应该庆祝一下。

“看你这副开心的样子！只怕，很快就要为我们难过了。这次出事，我们的生意，也有危机。所以我家老王才急火攻心，犯了老毛病。跟他这么多年，我还是第一次看他这么六神无主。”

“那你们打算怎么办？”陈珏对中国的生意场几乎一无所知，难以想象宝红面临的灾难会有多大。

“现在还不清楚，”宝红指着一地的名牌购物袋说，“这些，都是让老李他们带回去，打点关系用。其实这不过是小三贪心的借口，打通关系，还得用银子。我和老公在巴黎多待两天，打听国内的风声，也好好想想长远之计。”

陈珏看着宝红，关切地问：“那两个孩子现在怎么样？”

“孩子不会有事，跟着爷爷奶奶呢。老王的两个弟弟都跟着他干，生意上帮我们照看着。”

宝红推开怀中的抱枕，长长地伸个懒腰：“我和老公，多年没有这样单独相处了，算是因祸得福吧。而且，还找回失散多年的你，真是有失有得呢！”

陈珏不禁赞叹：“宝红，你最可爱的，就是这份拎得起、放得下的乐观和镇定，举重若轻，没有小女人的慌慌张张、惊惊乍乍。”

宝红蔑然轻笑：“哼，生来就没有尝过被娇惯的滋味，我早已把敏感神经一根一根，连根剪断。只要活着，不要感受。”

陈珏听了心疼，一瞬间，领悟宝红几十年的求生之道，却无法用言语去回应。任何安慰、同情、鼓励、赞扬、评论、开导都是不合适的、无用的。她看着宝红深陷的眼窝，黯然惨淡的脸色，看看手机上的时间，说：“已经是早晨了，你去睡一下吧，醒了打电话给我。我要回去弄米米起床、上学。”

“你还要上班吗？整晚没睡呢。”

“别担心，我的睡眠很有弹性。”陈珏轻松笑笑。

“那把我的围巾披上，早上空气凉，”宝红不等陈珏回答，找出爱马仕羊绒大方巾，把陈珏双肩包住，“这个就送给你了，才新买的，不许跟我客气！”

陈珏从四季酒店出来，天色已大亮。乔治五大道上，仍然一片恬静。她深深吸一口清凉的空气，让装满故事的脑袋在凉意中清醒。

心绪这么拥挤，她实在不想马上就下到地铁里，不见天日的。看看时间还来得及，她决定步行一段路，过了桥再乘地铁。

陈珏顺着乔治五大道，向南走，很快上了德比利行人桥。

优美的塞纳河，在多云的天空下，泛着灰色的波光。风平浪静中，它流淌得那么平和，那么缓慢，远远看去，辨认不出它流淌的方向。对岸的埃菲尔铁塔，成就了巴黎最经典、最浪漫、最举世闻名的画面，无论什么季节，什么天气，什么时间，看起来总是令人心旷神怡，充满遐想。

陈珏记得初到巴黎，第一次看到埃菲尔铁塔，激动得语无伦次。那时以为，离开中国，就是摆脱按部就班的日子；来到外国，就是踏上精彩多姿的人生。时光流逝，才明白，法国的日子多么墨守成规。蓦然回首，才看到，翻天覆地的变化，原来发生在祖国！

宝红的经历，给陈珏带来极大的冲击。走在桥上，眺望两岸，瞻前回首，她不禁自问，是我们选择人生，还是人生选择我们？

第八章　上帝保佑

陈珏回到家的时候，米米还在睡，亚历山大刚起床，他照例在厨房，一边吃早餐，一边听新闻。男播音员刚报出《商业早安》的栏目，便接着说："今天，中国……"

陈珏听了，不胜其烦："又是中国、中国！打开收音机，讲的是中国；上网看新闻，写的是中国；公司开会，谈的是中国；就连地铁里派发的免费报纸，每天也有一两条关于中国的话题。现在，法国人这么热衷谈论中国，连去中国出趟差回来的人，也可以上电视，发表一番他对中国的看法。其实，都是盲人摸象，了解个皮毛局部，就信以为真！"

亚历山大连忙调低收音机音量，好脾气地笑道："你一夜未归，回来就大发感慨，是你那个富婆朋友又让你受刺激了？”

陈珏在亚历山大旁边的椅子上坐下来，一副累瘫的样子，抓过他那杯果汁，灌了一大口，才把宝红的故事，拣重点告诉亚历山大。

他听着，几次眼睛睁得大如牛眼，连连摇头说难以置信。陈珏握紧小拳，使劲捶打他的厚胸脯，用警告的口气一再叮咛，可千万要保密！到公司跟同事闲侃，别不留神说出来。

早上，米米照常去上学，亚历山大照常去上班。幸运的是，这天是古董双年展的公众开放日。陈珏排在晚班，下午一点才开始。她赶快抓紧时间，补个小觉。

中午上班的路上，陈珏思考着怎么跟德·赛丝女士说。她担心恩吉还会试着联系宝红，打扰她。

陈珏进展厅的时候，看见德·赛丝女士和恩吉站在一起说话，她连忙走过去问好。德·赛丝女士正在询问王先生王太太的消息，只简短回道“你好Jade”，几乎都没看她一眼，就继续跟恩吉讨论。其实，德·赛丝女士也刚到没一会儿。这些天，她在总店和展会间两头跑，要兼顾不同国籍的客人，但心里最惦记的，还是中国贵宾。

恩吉顾不上理睬陈珏，继续跟德·赛丝女士汇报：“从昨晚到今天，我已经给王太太打了两次电话，发了三个短信问候，客人就是不回复呀，我也没办法，又不好意思到酒店大堂去守着。”

“当然不能去酒店守着。你看，他们会跟P品牌的人在一起吗？”

“不会的，王太太是香港人，对我挺欣赏的，她要有空，肯定会先联络我。”

“一有他们的消息，就立即向我报告。”

陈珏站在一边，终于有机会插话：“王太太昨天夜里给我电话，让帮忙请位中医，王先生腰病犯了，需要针灸。”

“是吗？！”德·赛丝女士眼睛一亮，转头看着陈珏，“然后呢？”

“我请了中医朋友连夜去看，给王先生扎了针灸，他马上好多了。”

“啊，很好，这么看来，他们很信任你，在需要帮助的时候，想到的是你。”德·赛丝女士面露喜色。恩吉在一旁显得不自在。

陈珏看了忙说：“也许，王太太觉得，夜里给女人打电话比较方便。”

“你今天应该试着联系他们，看他们需不需要别的帮助。”德·赛丝女士毫不放松。

“王太太说过，他们感觉很累，需要休息，不希望被打扰。”

“那当然。知道他们哪一天离开巴黎吗？”

“不清楚。至少今天不会离开吧，”陈珏想想又说，“王太太说睡好了会给我电话，也许会需要我陪陪他们。”陈珏惦记着快点儿再见到宝红，得让德·赛丝女士给她时间上的自由。

“很好。没问题，你随时可以去陪他们。找机会问问，李先生走前，有没有确认他选中哪几样珠宝，特别是那个红宝石戒指，看得出来，他是非常喜爱的。”

陈珏看看恩吉，点点头。

德·赛丝女士说：“恩吉，这对客人，从现在开始，由陈珏跟进。你本来主要跟的是李先生夫妇嘛。不管怎样，团队合作很重要。我希望你们都能明白这一点。”

“没问题，”恩吉心里很不痛快，但他是个聪明人，台面上的事，总是做得很漂亮，让德·赛丝女士感觉舒服，他客气地对陈珏说，“如果需要帮忙，尽管说，我会尽力帮你的。”

德·赛丝女士满意地看着自己的两个中国销售员说：“做销售就是需要有耐心，慢慢地培养客户。”

话题刚开个头，德·赛丝女士从眼角瞟见总裁到了门口，便抛下他们，迎着总裁走去。没办法，零售团队能见到总裁的机会远远比不上办公室的同事，她只能积极争取交流机会。

恩吉见客人稀少，身边的同事都听不懂中文，便靠近陈珏打听：“王先生王太太回来买珠宝的可能性到底有多大？”

陈珏回答：“真的说不准，很可能什么都不会买。”

恩吉忍不住发牢骚：“看来，这次升职的希望又是竹篮打水一场空。来法国这么多年，家里几次催我回国，说香港、上海机会都多。我只好骗家里说，在法国也做得挺好，升得挺快的，不然，我妈会来法国抓我回去的。”恩吉说着，不由自主地摸摸口袋的名片，那上面的经理头衔是他自己加上去的，只能悄悄地给客人。

同事大半年，恩吉第一次在陈珏面前吐露苦衷。陈珏感到被信任，便也有感而发：“是啊，以前大家都羡慕我们这些出了国的人，现在则相反。法国机会确实比不上中国，我早就想回国了，一直怂恿我老公，把家搬回中国，感受一下所有的变化。我若像你是单身，早就回国了，才不在法国耽误时间呢。”

恩吉颇有苦衷：“单身也有单身的生活，哪像你想得那么简单。我挺喜欢巴黎的，舍不得离开。”

恩吉喜欢巴黎，自有原因，却永远不能让他的家里人，尤其是他的母亲知道，除非他不在乎她心脏病发作。这个仪表光鲜的小个子香港男人，有个法国男朋友，是一位设计师。他们好了七年多，比一般的婚姻还稳定。其实，这就是他的婚姻。恩吉深知中国人对同性恋的保守态度，因此对这份感情生活守口如瓶，小心翼翼地保护。一来可以避免人家的闲言碎语；二来，看珠宝的女客人多，他也愿意在她们面前保留一份男性的吸引力。

“不管怎么样，”恩吉回到眼下他关心的现实问题，

“万一王氏夫妇买珠宝，我的贡献也该算上。相信你会同意吧。”

陈珏笑起来，在巴黎住再多年，恩吉还是保留着香港人讲求实际的态度。

整个下午，陈珏都惦记着宝红，想着她这些年吃的苦，走过的弯路。她能从那么普普通通毫无优势的起点，攀到今天这么高，还是很幸运的。只是不知眼下，宝红面对的是怎样的难关？会倾家荡产吗？还是将有牢狱之灾？也许两样都在劫难逃。

参观双年展的公众开始多起来，陈珏把手机调到振动状态，放在上衣口袋，却又不放心，频频拿出来查看，生怕错过宝红的来电。

德·赛丝女士看到，关切地过来询问：“还没消息吧？要计划一下，如果见面，带他们去哪里。他们要是有兴致回展厅来看珠宝，告诉他们，我们将很高兴再次欢迎他们。不然，请他们去品尝美食，让他们开心。我可以给你几家餐厅的地址，都是巴黎最好的去处。如果需要，我可以帮你打电话预约。不必担心费用，公司给你报销。此外，要从谈话中去了解，客人对我们珠宝是怎么考虑的，是什么原因让他们犹豫？也许别的品牌也有候选作品？”

德·赛丝女士对任何一个商机都不轻易放过，她客户经验十分丰富，对自己的下属面授机宜：“你要学会倾听客户，用心地听，所有的答案，都可以在客人的谈话中找到。”

陈珏第一次得到德·赛丝女士和蔼细致的辅导，深切感到她对这单生意的重视。

她记下德·赛丝女士建议的餐厅的名字和地址，心里却很没底，不知宝红和她先生现在状况如何，该怎样陪他们散心。

直到傍晚，宝红才发来微信，问陈珏可不可以去酒店碰面。陈珏连忙答应，然后向德·赛丝女士请示。当然没有问题，德·赛丝女士还给陈珏派了辆奔驰唯雅诺，是公司这些天专门为双年展包租的。

陈珏到酒店的时候，宝红和王先生已在大堂等她。王先生穿着深色西裤，黑夹克，显得脸色更青，他的嘴角起了串很明显的水泡。宝红化了妆，却掩不住黑眼圈。她穿着黑色束腰及膝连身裙，握着黑色手包，一双细跟高跟鞋将她小巧的身型衬托得纤细直挺，颇有些维多利亚·贝克汉姆的风范。

陈珏热情又礼貌地上前问候："王先生、王太太好。王先生腰痛已经完全好了吗？"

"好多了。这回你真帮了大忙，我们会记得的，以后回国，一定告诉我们，我们要好好地谢你。"这些天，还是第一次听到王先生讲这么长的话，他是慢热型的中国人，先要有了解，才会缩小距离感。

陈珏微笑着连声说，别客气。对宝红的老公，她心里感觉亲近，却又不能表露出来。

王太太说："陈珏，我们想到教堂去待一会儿，你可以带我们去间安静的教堂吗？"

陈珏颇感意外。做了那么多种设想，没想到，他们要去教堂。难怪穿得这么正式。

王太太解释："我在加拿大留学的时候，住在一位外国老太太家里，她是虔诚的教徒，常带我去教堂。我虽然没有依照她的愿望入教，却爱上了教堂的气氛。我们明天就要回国了，在巴黎的最后一晚，想要老公陪我去感受一下，最好还能听到圣歌。不过，你可千万别带我

一瞬间，宝红忽然有种寻求解脱的冲动。这些年，谎言就像紧箍咒，让她无时无刻得以放松。她常年处心积虑，隐藏往事，早已疲惫不堪，此刻，她好想摘下面具，不再伪装，不计后果，只求心安。她想，终于，到了该向丈夫坦陈往事的时刻。

宝红睁开眼睛，还未开口，更多的泪珠先滚落下来。丈夫用手掌擦干她的眼泪，心疼地说："别担心，天塌下来，有我顶着，一定不会让你们娘仨儿受半点儿苦，一定会把我们的家保护好！"

"娘仨儿"，"家"，深情的字眼如针尖刺入心脏，宝红顿时意识到，这些是丈夫最后的精神支柱，是他作为男人最强的力量源泉，她怎能在这个前途未卜的困难时刻，拆去家的墙角，给丈夫致命打击。她的秘密，无论怎样沉重，她只能继续扛下去……

二十多分钟后，司机把他们带到凯旋圣母教堂前，说好在附近等候。

陈珏走在前面带路。她双手推开教堂厚重的大木门，抬脚跨过门槛，轻轻走进教堂。王先生王太太跟在她身后。

肃穆、庄严的氛围让他们一时之间举步不前，凝神屏气站在入口处。教堂的穹顶，高不可攀。他们抬起头，一再往后仰，面朝天，望着穹顶，叹服当年神奇的建筑水平。

教堂里摆着许多张深色的木椅，分左右两边，整整齐齐一直排到教堂尽头的圣坛前，中间留一条四人宽的通道。彩绘玻璃窗高高矗立在教堂两侧，日光透进来，和教堂里星星点点的烛光相辉映，让材料硬冷、色调灰暗的教堂生出暖意，透着希望。

离下一场弥撒的时间还早，教堂空空的，只有几位老人，散坐在前几排的木椅上，他们背影佝偻，头低埋着，沉浸在深深的祈祷和静思中。

一位旅人打扮的男人，半跪在最前排祷告，一只退了色的背囊搁在他脚边的地上，默默透露着旅人的疲倦，让人禁不住去猜想他风尘仆仆、远道而来的故事。

一位修女在清理圣坛，她披着灰色的头巾，穿着白色的长袍，双手抚着圣坛，俯下身子，单腿跪拜，行过礼后，才去拂拭烛灰。

陈珏示意王先生王太太轻轻举步向前，在中间一排的椅子上坐下来。

一切寂静无声，连在教堂中四处清理的修女也轻手轻脚，像在空气中游动。这时候，一句耳语都会打扰这份安静。他们就这样静静地坐着，各怀心事。

王先生平生第一次坐在教堂里，颇感异样。这份绝对的安静，能让人听见自己的呼吸和心跳，让他很不习惯。在中国，他听惯了矿山工地的轰鸣声、矿工们高声吆喝的乡音、电话手机此起彼伏的铃声、汽车货车摩托车的噪音、街上商场餐厅电梯里的广告声音乐声、家里儿子们兄弟弟媳妇老父老母的话音笑音……处处人声鼎沸，任何时间和空间，各种声音组合的噪音充耳不绝，就像空气一样，包围着你，那才是他所熟悉的环境。

他起先抱着双臂，目光好奇地跟随着修女，见修女不时虔诚地跪拜，便仿佛被提醒了似的，放下双手，收回双脚，身体坐直了些。他侧头看看，见坐在他左边的王太太和陈珏都在凝神静思，便也试着静下心来。

不到一分钟，他便发现，静下心真不是那么容易的事，这气氛让他有种要傻笑的冲动，使劲忍了几次，掐疼两手的虎口，才克制住。

法国之行，本来是来花钱送礼、享受奢侈经历的，许多场合的确是平生第一次见识，但他从没想到，大起大落之后，自己会坐在教堂里。

这一天一夜，为老李的事和国内的未知局面，他一直闷在酒店，昏睡，打电话，想对策，心神不宁，心烦意乱。今天老婆从噩梦中惊醒后，便要拉他来教堂，说坐一坐可以减轻心里的包袱。他听了，哭笑不得，又有点儿得意地想，老婆毕竟是香港人，外国住过的，会冒出这样的洋想法。当年，他们是经朋友介绍认识的。他这个钻石王老五之所以看上她，愿意娶她，就是稀罕她这份内地女人没有的洋气和见识，不像他本人，土老帽儿。他这是第一次来欧洲，看什么都是“西洋镜”，一路全靠她指点。

他渐渐静下心来，既来之，则安之，就求西方的上帝保佑吧，但愿能平安逃过这一劫！

其实，与老李和相关方面的利益来往，他很多都瞒着老婆。一来是出于中国男人的大男子主义习惯，外面的事情不需要女人掺和太多；二来，也是出于对老婆的保护，很多事情，她知道得越少越安全。

年逾五十，他这大半辈子从来就是向前看，往前闯，从没向后看过半眼。这会儿子坐在人家西方的教堂里，竟然第一次有了怀旧的心。

算算看，他也算是命中有福之人，虽然创业时什么样的苦都吃过，什么样的坎儿都跨过，可如今毕竟大富大贵了。老婆也娶得很满意，不仅漂亮洋气，给他生了两个儿子，而且是他生意上的好帮手，早早就提醒他要多元化投资。她还教会了他穿衣打扮，学会文雅和有品质的生活，让他从一个土气的煤老板，提升为有模有样的企业家。这样旺夫的老婆，比他身边所有哥们儿的大老婆、二奶、小三通通都强。

他默默盘算着，如果这次能化险为夷，今后的日子一定要换一种活法。至于换一种什么样的活法，他一时半刻还想不清楚。

宝红坐下来，顿感心情有所释然，正如当年在加拿大第一次进教堂那样，这正是她想找回的感觉。她思绪万千，却面色平静，默默梳理自己的心思。

她首先想到的是多年前，第一个让她怀孕的意大利男人，她曾经真心喜欢的异国情人。如果当年嫁给他，会不会有个教堂婚礼，中国女人梦想中最浪漫的事？宝红想象着自己穿着白色婚纱，踏着婚礼进行曲，从这教堂中间的过道上，缓缓走向圣坛，就像电影里的画面那样动人。可惜这只是个幻影。梦想破灭，才有了之后的一错百错。

她想着身边的老公，第一次陪她进教堂，不仅跟婚礼无关，并且心里还揣着离婚的念头。这是他们今天出门前刚刚想好的应对办法。万不得已的时候，为了保全财产，只能走这一步。

结婚十年，养了两个儿子，他们的婚姻虽然早已没有卿卿我我，可是，这次老李的意外变故让她看到，他们夫妻之间的真情是可以共患难的。这令她深感欣慰，感情上经过那么多挫折和失望，最终还是嫁对了人。

宝红默默许愿，倘若能逃过这一劫，后半生一定要换一种新的活法。她闭起眼睛，像教徒那样祷告。

陈珏深深为宝红担心，算算时间，李先生应该回到中国了，不知他有没有跟宝红夫妇通消息，不知宝红夫妇通过别的渠道，有没有打探到更多的消息。她有一连串的问题，可是当着宝红老公的面，她什么都不能问，只能默默在心里为好友祈求平安。她有些悲壮地想，万一宝红和她的老公身陷囹圄，她要说服亚历山大，把宝红的两个儿子接到法国来抚养。

胡思乱想中，不知过了多久，陈珏忽然意识到宝红正示意她起身。

大家站起来，跟着宝红来到一张烛台前，一排排白色的小蜡烛摇曳着红红的火苗，像一个个生动的心愿和祈祷。宝红左右看看，打开手袋，拿出张纸币，放到捐款箱里，然后拿起三个小蜡烛，分给大家点燃。

王先生学着他太太的样子，将点燃的蜡烛放在圣母像前的木台上，心中暗暗赞许自己的老婆，见的世面多，坚强大气，从容镇定，危难当头，丝毫没有小女人的惊慌失措，呼天抢地。他情不自禁伸出手，抚着他老婆的背，消瘦却挺得笔直。宝红感受到丈夫手掌传来的温情和暖意，抬头看着他，心有默契地浅笑。

第九章　简单生活

出了教堂，大家都默默无语，各自沉浸在自己的心思里。陈珏看到手机上德·赛丝女士的短信，赶快简短回复，一切都好。

此时，街上已华灯初上。马路上，来往车辆耐心缓行，不时停下，给随意过马路的行人让路。看起来，法国行人挺散漫，开车的人很绅士。单车道上，自行车灵活地绕过行人，轻便悠然地一溜烟跑得好远。

人行道上，有人捧着鲜花等待约会，有人在报刊亭前购买时尚杂志。不少年轻人三三两两聚在一起，一边抽烟，一边打手机，一边聊天，耳机音量该是大得吓人，路人都能听到强烈的音乐节奏。

露天咖啡座上永远有人，不知哪来的那份闲情逸致，把玩着玩具般大小的杯子，一坐就是半天，既看风景路人，也被路人当风景看。

这个时间，巴黎人还在回家的路上，游客开始进餐厅晚餐。王太太提议，找一间星级餐厅，请陈珏全家吃饭，感谢他们这两天的帮助，并且，一定得把孩子接出来，她好想看看陈珏的混血女儿，一定很可爱。

陈珏当然希望能多陪陪宝红，便说："好啊，一起晚餐。不过，得我们来请，尽地主之谊。"

宝红自然不肯，她们一边争着要请客，一边上了奔驰唯雅诺，准备去家里接亚历山大和米米。

陈珏打电话回家，通知他们做出门准备。

亚历山大回答："我刚到家，米米已经洗过澡，换上睡衣了，她吃了晚饭得早点儿睡，明天周六虽然不上学，但她早上还有舞蹈课。这样吧，我在家看米米，你陪他们去吃饭。"

"可是，他们想见米米呢。"

"那就请他们来家里吃晚餐吧。"

"来咱们家？"陈珏不是没想过请好朋友来家里，可心里忐忑的是，自家那普普通通的公寓，宝红看了，会不会觉得太简陋？她在国内住的肯定是豪宅别墅。

“对呀，这样米米随时可以去睡觉，我们不必担心要早早赶回来。”

“可是，我们的家不大，大部分家具都是宜家的……”陈珏心里很犹豫。

“哎呀呀，中国人的面子观念，根深蒂固啊！”

“好吧，可是我们没准备，晚餐吃什么呢？”

“那好办，我这就出去采购。”

“我们再过一会儿，也快到家了。”

“那好，就在路口的美食外卖店见，一起挑几样菜，买回来。”

“那你等等，我问他们一下。”

王太太对陈珏的邀请喜出望外，不等跟王先生商量，就连声答应：“好啊，再好不过了！”她对陈珏的生活充满好奇，巴不得到陈珏家去看看呢；心中更升起些暖意，去家里当然比去餐厅更亲近。

陈珏转告亚历山大，挂了电话，既开心，又担心会招待不周，便立即说：“不过，家里没有特意准备，只能有什么，吃什么啦，非常简单的。”

王先生一直没说话，这时突然回应一句："简单比什么都好。"

他们在美食外卖店门口下车，然后把司机和车打发走。

亚历山大正从店里出来。大家见面，一番寒暄后，亚历山大将手中的绿色袋子拎高些，说："头盘和主菜都有了，回去配个青菜就好。现在去买奶酪和面包。"

法国人酷爱奶酪，胜过山西人爱醋，这不仅因为奶酪钙质、蛋白质丰富，更出于自豪的情感因素。法国出产四百多种奶酪，号称每天吃一款，整年不重复。

街区奶酪店面积不大，不过几十平米，却提供三百种不同的奶酪，应有尽有，不少是直接从乡下牛奶场挑选来的，比超市卖的更讲究季节时令。

亚历山大指着几款奶酪，打着手势，试着用中文介绍："哞儿哞儿，牛的；咩咩咩，羊的。"他说中文，带着滑稽的口音，加上那惟妙惟肖的样子，惹得大家哈哈大笑。

老板过来打招呼："今天来点儿什么让您高兴的？"

亚历山大笑着说："上次那山羊奶酪不错，但我们中国朋友不一定吃得惯。来块味道温和的埃普瓦丝，再来一块拉克叶蓝纹奶酪，用蓝菌吓吓他们。”亚历山大举着蓝菌奶酪对王先生说：“法国的臭豆腐！”大家又是一番笑声。

在蔬果店，他们挑了几条葫芦瓜，几根胡萝卜，几颗西红柿，一根茎白叶绿的大葱。老板一边收账，一边对络绎不绝的顾客吆喝道：“质量第一哦。”

买面包的长龙已经排到小店门外，他们刚排在队尾，身后就又增添了几位顾客。等了不到两分钟，就轮到他们。柜台里，三名店员一个比一个利索，取面包和点心，包装，收钱，各自分工，井然有序。陈珏买了一块巴黎人爱吃的圣奥诺雷甜点，两根长棍面包，刚出炉，热乎乎的。她请王先生帮着拿，说：“您是北方人，爱吃面食吧。掰块面包，趁热尝尝！”

王先生掰了一块，塞到嘴里，嚼一嚼，点头：“嗯，挺香的。”顺手再掰一小块，递给王太太。

最后，亚历山大在花店挑了几枝粉红玫瑰，大家才一起回家。每次王太太都要抢着付账，却都被陈珏拦住了。亚历山大看见，摇头苦笑，中国人的人情客套礼节啊，实在不是他能应付的。

一进家门，米米照例扑上来，亲吻妈妈，亲吻爸爸，还大大方方地跟王先生王太太问好。王太太蹲下来，抱着米米看了又看，直夸漂亮得像个洋娃娃，然后转头告诉陈珏，看着米米，她更加想念留在国内的两个宝贝儿子，她的老二跟米米年龄相仿。

学生小樱也过来打招呼。她主要负责接米米放学，有时也帮忙做点儿简单家务。她一边穿鞋准备离开，一边交代说米饭已经焖上了。

时间不早，大家立即开始准备晚餐。王太太坚持要下厨房帮忙，陈珏也不执意客气，两人一起动手做饭，米米也来凑热闹。陈珏洗菜，王太太来切。她戴着围裙，动作娴熟地切着葫芦瓜、胡萝卜、大葱，速度不快，可是刀工却很好，一丝丝又细又均匀。

陈珏不由得夸赞她："你真是出得厅堂，下得厨房。"这是中国女人能得到的最高评价吧。

王太太忙于回答小米米的各种问题，只对陈珏笑笑。陈珏一直想找机会问问他们眼下的处境，事情的进展，可是又怕被客厅的人听到。

犹豫之下，陈珏去客厅布置餐桌。王先生跟亚历山大在客厅一边品开胃酒，一边看橱柜里收藏的各种酒，虽然语言不通，但全世界爱酒的人都自有办法沟通。

趁亚历山大帮陈珏铺桌布的工夫，王先生踱步来到厨房门口，看到王太太在炉前锅边当主厨，颇感意外，凝视良久，悠悠地说："老婆，多少年没见你做饭的样子。"

王太太早已感受到他的目光，心中满是温情，却并不抬头，只说："老公，只要你愿意，以后天天给你做饭。"

在中国，他们几乎餐餐在外面应酬，家里的豪华厨房是给用人用的。此刻，他们各自揣想，这种家常的日子，还愿意过吗？还过得了吗？这种简单的生活，还找得回来吗？

用餐前，陈珏和亚历山大带客人先参观一下公寓。他们知道，中国客人总是很好奇，尤其在国外，对衣食住行都想多了解。

这是一套普通的中产人士的住家。两间卧房、一个浴室、一个厕所、加上门厅、厨房和小小的阳台，地下室有车库和储藏室。

王先生王太太好奇地询问了面积、价钱，比较着北京、上海、太原、深圳的楼市行情，他们在这些城市都有不少房产投资，家也早已从太原搬到北京。和中国人在一起，比较价钱是免不了的话题，亚历山大早已习惯了。

家里的陈设很简洁，可是每样饰品，都有它的故事，亚历山大和陈珏娓娓道来。

墙上的油画，是亚历山大的叔叔画的，他住在南部美丽的小城阿维农，这幅画是阿维农桥畔秋天的景色。

装饰柜上的人头木雕，是他们几年前去肯尼亚旅行时，背回来的。

那两套银质的烛台，是在旧货市场上淘来的。

那个青花瓷瓶，是陈珏家传的，年代至少也是晚清的。

那几百张 CD，是亚历山大从小到大的收藏，古典音乐、歌剧、爵士乐、音乐剧、流行歌曲，各种时期、各种风格，记录了他成长的回忆。

“钢琴是我四岁时的生日礼物。”米米得意地介绍属于她的东西。

陈珏说，最骄傲、最难得的是她那一整墙壁的书籍画册，分门别类，一直摞到快顶到天花板，最上面的书，要踩着梯子上去拿。其中，一大半是中文书，都是她每次回国，一箱箱拖回来的，线装古书都有。

亚历山大连忙打开书柜，找出一本旧得发黄、硬封烫金的外文老书，介绍道："看看我们欧洲的古书吧，三百年前印的。我们从旧书摊上，花了两块欧元买回来。三百年来，不知经过多少人的手，在多少人家的书柜里躺过，最后来到我们手中。"

"那这幅银杏树的画呢，真美，国内带来的吗？"王太太指着沙发上方的中国彩墨画问道。

陈珏笑而不答。亚历山大问道："猜猜看，中国名家的画，是哪位大师？"

陈珏忙说："哪里是名家，自己的习作而已，挂在自己家里，不怕献丑。"

"是你画的？"王先生王太太惊讶地看着陈珏。

"是啊，我妈妈画了好多好多画，在她的画室，有张画比这个还大好多呢！"米米张开双臂比画着，很骄傲的样子。

“哦，你的妈妈真棒，”王太太摸着米米的小脸问陈珏，“你还有画室？”

“嗯，在乡下，出城一个多小时车程。老公帮我建的，”陈珏笑盈盈地说，“有机会请你们去那边坐坐。”

“好啊，好想看你的画呢！”

“大家肚子饿了吧？边吃边聊吧。”亚历山大招呼着大家入座。

晚餐依然是中西合璧的，筷子和刀叉并用，米饭和面包齐上，红酒绿茶共饮。今晚，前菜是三文鱼油果鲜奶酪鞑靼，主菜是胡萝卜烧牛腮肉、西红柿炒蛋、葫芦瓜虾仁粉丝汤，亚历山大还从冰箱里拿出老干妈香辣酱。

家常菜虽简单，摆了一桌也显得挺丰盛的。王太太夸奖陈珏临时布置的餐桌有花有蜡烛，又漂亮又有情调。陈珏笑道：“都是跟婆婆学的。在法国，餐桌布置可是门艺术，盘子和盘中食物同样重要，连菜名都常常起得颇有诗情画意的。”

王先生坐在亚历山大对面，生平头一次在外国人家里吃饭，颇感拘谨。

亚历山大性格随和，跟陈珏生活多年，很懂得跟中国人打交道。他一边给客人斟酒，一边说起自己多次在中国旅游的趣事：在四川山区吃蝉蛹蚂蚱，在长江上游与民工同船，在湖北神农架爬山，在云南香格里拉民居过夜。他说旅游时从不剃须，满脸络腮胡，农村的小孩没见过洋鬼子，看见他就吓得直哭。

王先生被他逗得大笑，感到自在多了。他这两天几乎没怎么吃东西，这会儿，喝着葡萄酒，吃了不少菜，又就着汤汤水水和辣椒酱吃了三碗米饭，直吃得额头冒汗，全身通透，连声说这是出国以来吃得最舒服的一餐。王太太的心也随之释然。

品过奶酪，上甜点的时候，亚历山大一边开粉色香槟，一边问起他们去教堂的情形。

王太太说："在加拿大留学时，我几乎每周都去教堂，对教堂的气氛记忆深刻，觉得不论是不是教徒，谁都能在里面感受到神圣，心灵被净化。"

王先生也感叹道："这是我这辈子第一次进教堂，虽然对宗教没什么了解，可是，人的确需要一个能让自己安静下来的地方，特别是在做重大决定的时候。"

王太太问：“你们周末常去教堂吗？”

亚历山大摇头：“如今在法国，虔诚的教徒越来越少，但是大家对宗教的价值观，传统的家庭观念还是比较认可的。”

陈珏说：“其实信不信宗教不重要，关键要有信仰，人有信仰便有敬畏之心，社会有信仰便有处世的规范，人在社会里就不容易迷失。”

王太太点头：“方方面面来看，法国是个比较适合居住的国家，生活比较有质量。”

陈珏说：“可是经济远比不上中国，没中国那么多发展机会。”

王先生说：“那倒是，我们这代中国人的人生跨度是非常大的，二十年赚的钱是人家也许几辈子都赚不到的。”

王太太担心老公说话太直，忙解释道：“别怪我们俗气，现在中国上上下下那么多人，都把钱看得很重。”

王先生不以为然：“岂止是中国，我虽然是第一次来欧洲，可是这些天也看明白了，法国人也一样嫌贫爱富。你看那些奢侈品大牌，什么顶级的，高不可攀的，全把我们当“威爱屁”捧着，那还不是冲着我们钱多。嘿嘿，我是一喝酒，话就多啊。”

尽管王太太私下里纠正他多次，王先生还是把VIP转成中文字，说成“威爱屁”，简直就是成心的。

亚历山大听了陈珏的翻译，总结道：“商业为赚钱，这个规则谁也逃避不了啊。”

陈珏说：“不过，并不是有钱就幸福，更不是越有钱就越幸福，这是我观察富有客人得出的结论。”说完立即觉得不得体，但也来不及收回来了。

王先生慢吞吞地开口：“这话有道理。以前没钱的时候，偶尔吃一顿好的，能乐呵儿好几天啊。现在有钱了，要什么都很容易，反而没多少惊喜了。连赚钱都没什么感觉了，多几个零，少几个零呗。”

大家听了一阵沉默。王太太有些惊讶她一贯内向的丈夫会这样坦诚。亚历山大和陈珏对这富豪自曝的“可怜”之处颇感意外，不知如何回答。

亚历山大赶快为大家添加香槟，一串串小气泡在透明的粉色液体中摇曳上升，带着欢快的节奏。

陈珏看了打趣：“哦，也许物质带来的幸福就像这香槟，要是天天喝，就会变得像气泡水一样乏味了。”

大家都笑起来。

晚餐后，亚历山大和陈珏开车送王先生王太太回酒店。米米早已先吃完，入睡了。他们把米米留在家里。

道别的时候，王太太说：“感谢你们夫妇俩，让我们巴黎之行，有了许多新的感受，难忘的回忆。”

王先生对陈珏说：“告诉你的先生，他人很好，我很高兴交他这个朋友。欢迎以后到中国来找我们。”

亚历山大听了陈珏的翻译，对王先生用蹩脚的中文说：“恨好！再见！肿国见！”

陈珏拉着王太太的双手，久久不放：“明天你们就要回去了，这么快，真像一场梦啊。”她心里关心着宝红和她先生的处境，有许许多多问题，可是，整个晚上，找不到机会询问。

看见陈珏依依不舍的样子，王太太抬起双手，抚着陈珏的手臂说：“很快会再见的，相信我。”她冲着陈珏眨眨眼睛。

她们松手告别，微笑着，什么也不再说，各自跟着自己的先生，转身离去。

回家的路上，陈珏倚着车窗，怅然若失。

“老破，巴丽的野玩恨美。”亚历山大故意说中文逗她开心。

巴黎的夜晚很美，是的，看过那么多城市，最美的仍然是巴黎。巴黎人很幸运。陈珏想着，转过头，看着亚历山大开车的侧影，充满感激地说：“这些天，过得真忙乱，谢谢你陪着我团团转，帮我招待我的朋友。”

“嗯哼，你知道该怎么感谢我了！”亚历山大坏坏地笑笑，伸过手来，搂住陈珏的肩，荒腔跑调地唱道：“乌拉拉，娶个中国老婆，日子永远不寂寞，忙不停，不寂寞……”

第十章　藏在画室里的梦

回到家里，亚历山大和陈珏一边收拾餐桌厨房，一边继续着他们的交谈。

“看得出，你的朋友仍然是忧心忡忡的，今晚只是短暂的放松。”

“是啊，这些天，他们经历的大起大落也太密集了，足以把人搞得晕头转向！回到中国，等待他们的，还不知是怎样一种局面。”

“他们的生活与我们的日子，有着天壤之别。”

“我们在平静的港湾里，他们在滚滚洪流的浪尖上。”

“这些年，你没少做回中国的梦。今天，看到他们的情形，你该明白有得必有失吧。”

“我并不觉得有什么可庆幸的呢！有得有失，总比碌碌无为好。”

“那要看你失去的是什么，是健康？是自我？是快乐？是家庭的幸福？还是金钱和所谓的成功？”

“没有所谓的成功，每个人都追求自己心目中的成功。当今的中国人处在变革中，在身不由己的大环境里，拼尽个人的努力，实现自我价值，就算付出的代价惨重，就算结局失败，也是我心目中的英雄！”

“就说宝红吧，”陈珏意犹未尽，“设想她若是老实本分，守着内地小城那贫困的家，如今中年失业，付不起孩子的学费，看不起病，别说一辈子永远不能见识外面的世界，就连最普通的日子，也过得没有保障，那样的她，就更有道德价值吗？”

“也许，这是社会在革新前进的某个阶段必付的代价。”亚历山大若有所思。

“道德代价。正如美国人对印第安人的侵占，欧洲国家在海外的殖民，对西方国家的崛起都曾经起到关键作用。强者为王，如今还有多少人记得谴责当年的罪行？唉，这些大问题，让社会学家、史学家去研究吧。我只关注我眼里看到的一个个具体的朋友，活生生的例子，我佩服他们的成就，心疼他们经受的心灵煎熬。”

“那么，你的朋友是怎么看你的生活呢？”

“我不知道，”陈珏边想边说，“她欣赏我还是像年少时那样，为人单纯；但她看到我只是个卖珠宝的售货员，很失望，虽然她没有直说。”

陈珏神色黯然，亚历山大过来拥抱她：“你会是个了不起的画家，如果她看到你所有的画，她便会明白。”

“我当然好想给她看看我的画，她应该是最能明白我所想表达的，可惜她明天就要走了。”

“以后吧，等他们下次来巴黎。快十二点了，赶快去睡吧，从来没见过你这副累得要死的样子，脸上只剩黑眼圈了。”

“谁知道他们还能不能再来巴黎？！”陈珏不满亚历山大“糊弄”她，不甘心地抓过手机来看。

有微信！赶快打开，是宝红十分钟前发来的：“巴黎之行，悲喜交集；好友重逢，终生难忘；千言万语，意犹未尽。”

陈珏连忙回复：“还没睡吗？想请你去我的画室。”

“来接我！”宝红的回复几乎是即时的。

陈珏高兴得跳起来，去拿外套，钥匙。亚历山大见状，连声问道：“你干什么？要去哪儿？”

陈珏一边兴奋地解释，一边穿鞋子。亚历山大知道阻拦没有用，只好说：“唉，我送你吧。”

“不用了！不用了！我自己开车去。”

“确定不要我送吗？唉，带齐钥匙，路上小心！”亚历山大看着自己的中国女人旋风一般在子夜时分冲出家门，心中颇为无奈。东方女人貌似温柔，娶回家来才知道，那份要强、那份主见，可真比男人还厉害呢。

陈珏到酒店的时候，宝红已在大堂等她。王先生精疲力竭，又喝了不少酒，早已沉沉入睡，宝红留了个字条便出来了。

陈珏几乎是踮脚小跑到宝红面前，劈头就问：“国内有消息吗？李先生回国后怎么样？”

“老李这两天还是自由的，但他的顶头上司已被‘双规’。估计老李很快也会进去。他那么贪，经不起查。”

“那你们呢？”

“还好，我们跟老李交情不深，一直攀不上他这个关系。他很狡猾呢，钱是从来不收的。我们过了很久才摸清他的做法，是在境外收礼，所以，这次请他来巴黎。幸好，还没来得及贿赂他，他就出麻烦了。真想不到！哼！”

“你们不被牵连就好。”陈珏双手合十。

宝红笑笑：“生意肯定会受影响的。但是，这些年，我们早有安排，准备了后路。狡兔三窟，多年前，老杨就教过我，做生意，一定要留条后路的。天下没有不散的宴席，到了该收手的时候，就要舍得收。反正，这辈子赚的钱，几辈子都花不完，够了！”

说罢，她挽起陈珏的胳膊，爽快地说：“走吧，看你的画室去。”那份淡定自若，比当年她独自去做人流，显得更加无所畏惧。

陈珏开着雪铁龙自动挡二手车，载着宝红，出了巴黎南郊。深夜，路上车辆稀少，畅通无阻。

陈珏问：“老李要是被抓，会判重刑吗？”

“很难说，他贪的数目肯定大。那天在你们店里，本来已经打算给他买那几件珠宝，总共六十万欧元吧，将近五百万人民币呢，可他贪心，想逼我们买更大的。哎，你们那件红宝石戒指，倒是真让我过目不忘呢。”

“这件珠宝的确很有收藏价值。”

“那应该很快会被卖掉吧？”

“大家都这么想，其实没有。这个戒指的故事说起来，挺有意思的，它这样完美珍贵，看上它的客人有好几位，都是全球重要的客人，可是这戒指号数很小，只有四十七号，很少有西方人的手指这样纤细，能戴上去。”

“不可以改大吗？”

“不行的，指环整圈镶嵌着几百颗小钻石，细细密密的，一切割就会破坏这只古董珠宝。更何况，对公司来说，有特殊的情感因素。”

“哦。”

“曾有位中东客人，提出把戒指拆开，重新设计镶嵌，可是公司不舍得破坏古董。后来有位日本太太看上了它，定金都交了，却又变卦，说她先生公司突然资金周转有困难，让我们把定金退还给她。我们的日本团队好失望。

“听说之后又有位台湾太太好喜欢这戒指，特意飞到我们香港店去试戴。可是她说，戒指一上手，左胳膊就隐隐作痛；换到右手戴，便右胳膊痛。隔了两周，再飞去香港试戴，还是这样痛，于是放弃。听起来很离奇吧。

“香港团队便有人说，这是珠宝的气场与那位夫人的气场相冲。你知道，香港人总是有很多风水八字等等的理论，他们还说这戒指有灵性，在为自己挑主人呢。”

陈珏一边开车，一边兴致勃勃地讲着这些听起来很八卦的故事。车早已开出城，黑色的树影在车窗外团团簇簇，稍纵即逝。

说者无心，听者有意，宝红被勾起了兴趣：“我的无名指倒正好是四十七号的。”

“哦，可惜那天你没试一下。这两年公司珠宝涨了几次价，可这只还是原价呢。”

陈珏边说边小心翼翼拐上一段土路，车颠簸着穿过一片密林，低矮的树枝不时拨打着车顶。

“就到了。”陈珏说着，转动方向盘，左拐，开过一段窄窄的小路，两旁是一人多高的灌木。小路尽头，车灯照亮了眼前的绿色木门，陈珏刹车，用遥控器打开木门，将车开到院子左边的空地上停下。车灯照在一幢粉白色的平房上，紧闭的法式木窗刷成苹果绿，夜里看着，很温馨。

下了车，宝红看到草坪中央，通向平房的小路是用白色鹅卵石铺成的，右边的草坪上，种着一排细长挺拔的翠竹，安着小小的假山、一张石桌、两张石椅，颇有中国花园的意境。

打开房门，陈珏顺手开灯。迎面是幅室内照壁，挂着一整幅彩墨画，小桥流水的画面，题字是“举头望明月，低头思故乡”，唐朝诗人李白的千古名句。宝红赞叹：“不用问，肯定是你的大作，真棒！”

绕过照壁，一间小巧的客厅映入眼帘。客厅中央摆着一张八仙桌，实木的，四平八稳，配着八张中国高背木椅，桌子中央，摆着套细瓷茶具，传统的白底蓝花，放在青竹托盘里。客厅正面的墙下，摆着条长长的抽斗柜，各种型号的毛笔、画笔、砚台、调色板等作画工具，一字排在柜面上。这是陈珏的画具柜。

陈珏脱下鞋，摆在照壁后面，光着脚，无声地走过米白色的木地板。宝红跟着脱下鞋，双脚一踩上地板，便叫起来：“哎，暖暖的，真舒服。”

“太阳能取暖系统，就在木地板下，这是栋标准的节能房，亚历山大的杰作。你若问他那些技术方面的问题，他可以给你细细地讲解，几个小时都讲不完呢。我不懂那些，只要一年四季，温暖如春，绘画的时候，穿着T恤，手也不会冻僵就好。”

陈珏一边走，一边介绍说：“这本来是我公公婆婆的老房子，他们年纪大了，只愿住在城里，生活、看病都方便，便把乡下的房子交给我们。我们花了三年多的时间，才一点一点改建布置成这个样子。客厅左边是厨房、卧室；右边，就是我的画室了。”

“过来看，这壁墙有十米长，屋顶是透明的，让自然光透下来。我最幸福的时刻，就是在这里，一心一意地作画。没有电话、没有电视、没有网络，只有我那梦想的世界。”

“哇，这些都是你的画。”整壁墙贴满了陈珏的作品，宝红好奇地走上前，一张张端详。

春暖花开，阳光明媚，小山坡上，一棵棵小树之间，系着绳子，绳子上晒着被单、褂子、花裤子、手绢。年轻母亲踮脚晾衣服的侧影，小姐弟在妈妈脚边嬉戏——人在画前，仿佛能感到春风的抚摸，阳光的温暖，母爱的恬静。

冬日的枯树，红砖灰瓦的院墙下，小朋友排队等爆米花。爆米花的老人脸上抹着爆花机的黑灰，小朋友们穿着厚厚的冬装，有的老老实实，把手套在袖口里耐着寒冷排队；有的胆小，双手捂着耳朵，防着爆花机的那声巨响；有的胆大，抓着盆子，正准备着一爆开锅，就凑上前去——那久违的，吃爆米花的童年时光跃然纸上。

妈妈骑在自行车上，崭新的凤凰牌，爸爸弯着腰，扶着后座，把持着自行车的平衡。周围的邻居，有的握着筷子端着饭碗，有的嗑着瓜子，在一旁笑着看热闹——久违的爸爸教妈妈骑车的温馨画面。

小脚泡在盆子里，裤腿卷得高高的，小女孩双手捧着《唐诗三百首》，一盏白炽灯从天花板上吊下来，就在她头顶上方。奶奶在一旁戴着老花镜补衣服——儿时睡前，每日一诗的往事。画面的右上方，用毛笔小楷写着那首脍炙人口的《游子吟》:“慈母手中线，游子身上衣，临行密密缝，意恐迟迟归，谁言寸草心，报得三春晖。”

墙上还有那些放风筝、下象棋、看小人书等画面。

宝红看得出神。

陈珏端来银针茶，一棵棵细细的茶叶，直直竖立在清澈的茶水中。宝红接过，浅浅抿一口，轻轻感叹：“你的画，把我带回上两辈子的生活，儿时的回忆。”

“那是我们生长的地方，我们是从那样的环境，那样的亲情中走出来的。走得再远，看得再多，心底的家园还是原来的那样。”

“心底的家园，我们人生的起点。可是，你一定知道，这些场景在国内，现在已经看不到了。”

“是的，可是，想家的感觉就是这样的。我希望自己的祖国不管怎么变，变得多强大、多富有、多成功，还是要保留我们最初的亲情、人情，那些简简单单的快乐，让每个想家的人，都有一个愿意回去的家。”

宝红在画室的矮沙发上坐下来，若有所思：“我真羡慕你，专心做自己喜欢的事，有单纯的环境，有支持你的老公。知道吗，我的生活也要有巨大变化了。”

陈珏在宝红身边坐下，关心地看着她，等待她解释。

“这两天，跟老公商量，老李的问题很快要暴露，会牵连许多人。我们要做最坏打算，所以明天回国，我会尽快办理两个儿子的转学，然后带他们到加拿大去读书。”

“你老公呢？”

“他先送我们去，安顿好后，再回国，生意总得有人打理吧。辛辛苦苦创的业，不能说丢就丢。更何况，还有他的老父老母要照顾。这些日子，我们在国外，多亏他们帮着带孩子。”

“那你们分居两国，对婚姻是很大的考验。”

“这样的情形，老外应该不能接受，可是在我们中国人群中很普遍嘛。关键是财产，能转移的，我们会继续转移，必要的时候，我们还可能离婚呢，怎么样也要保住家产，留给两个儿子。”

“宝红，我真佩服你的镇定。”陈珏替宝红担忧。

“人在江湖，身不由己。兵来将挡，水来土掩。反正上了这条道，也没有回头路走。”宝红的语气并不沉重。

她们俩同时看着墙上温馨的图画，心里都知道，就算心中装着同样的梦想，她们未来的路，仍会越走越相距遥远。

第十一章　红宝石之缘

周一早上，陈珏来到店里上班，难掩倦容。昨天周日总店不开店，她却没有休息，在大皇宫展厅值了一天班。

她心里仍想着跟宝红分别的情形。周六凌晨，她把宝红送回酒店。宝红执意不要陈珏晚上送机，她抱抱陈珏说：“这些天我们已经把你拖得很累了，都没时间陪孩子老公。来日方长，我以后会常来巴黎看你。”

这会儿，陈珏一忙完开店的准备工作，便情不自禁来到贵宾室，眼前浮动着宝红的音容笑貌。

十点半，珠宝店准时开店门。旺多姆广场人迹稀少，家家专卖店门可罗雀。德·赛丝女士坐在二楼办公室的工作台前，面无表情地望着窗外。

从这个窗口望出去的风景，她闭着眼睛都能画出来。虽然这是巴黎最经典最奢华的景致，是多少人梦寐以求的珠宝圣地，此刻，她却有笼中金雀的感觉。年复一年，韶华渐逝，自己真的只能在这店里工作到退休吗？

窗外天色阴沉，每当这样心灰意冷的时刻，多年前的往事，就像一个心怀叵测的对手，乘虚而入，一再提醒她依然是个失败者。

她恨这窗外的天色，比她的心情还阴沉。她厌倦地转过头，从桌上的店内监视荧屏上看到恩吉和陈珏都没有客人，便打内线电话，叫他们两个都上楼来。

两个中国销售恭恭敬敬坐在她的办公桌前，等她发话。中国员工对上司总是这副极为尊重的态度，让她很受用。她一边查看电脑里的邮件，一边问："双年展只有六天就要结束，你们还约了多少客人？"

恩吉说："我下午约了一个客人，明后天还有两对。"

陈珏说："我只有一个约会，会继续给一些客人打电话。"

德·赛丝女士眼睛盯着电脑说："绝对不能放松，要记得，我们还没实现销售目标。真可惜，那两对中国贵宾什么都没有买就走了，要继续联络他们，尤其是李先生，收藏家，他对红宝戒指显然是有购买意向的。”

恩吉说：“是啊，可惜他们突然回国了。我只有李太太的手机号码，这两天打了几次，奇怪的是，她的电话一直是关机状态，而且自从离开巴黎，她的微信不仅没有更新，以前的内容我也看不到了。她应该没把我“拉黑”吧。他们真的很神秘。中介那边，有什么信息吗？”

德·赛丝女士摇摇头。

陈珏说：“王先生王太太是周六晚上离开巴黎的，他们没让我送。昨天我给王太太留了微信，她还没回，估计一回去就特别忙吧。”

“嗯——”德·赛丝女士仍然不看他们一眼，这是她的习惯，一来，的确有许多邮件要读；二来，故意怠慢下属，是要让他们明白，只有做得好，才能得到她更多的注意力。

恩吉积极地说：“我今天下午的客人很不错，应该会买东西。”

“哦？”德·赛丝女士有兴趣多了解。她示意陈珏先下楼，她要留恩吉多聊一会儿。

“让迎宾小姐送两杯咖啡上来。”她吩咐正下楼的陈珏。

陈珏刚到楼下，便从玻璃大门看到宝红和她先生一前一后从出租车里出来。

她不敢相信自己的眼睛，可确信无疑就是他们。她立即请保安打开双重安全门，飞快地跑出去迎接。

“王先生、王太太，你们不是已经回国了吗？”

王太太紧紧抓着陈珏伸出的双手说：“临时有事去了趟瑞士，机票改到今天晚上。刚才去大皇宫，没找到你，猜想你一定在店里，就过来了。”

“怎么没事先发个微信，我好去接你们呀？”

“不是想给你个惊喜吗！”

“真是让我喜出望外呢！”陈珏兴奋地将王先生王太太迎进店里。

德·赛丝女士在楼上听到动静，转头看监视荧屏。

“这不是王先生王太太吗？”她不禁欠起身，戴上老花镜，贴近荧屏。

“是的，是的，是他们！”恩吉也凑过头来。

德·赛丝女士迅速站起来，整理好她的发型，拿起她永不离身的两部电话，优雅地下楼去。恩吉紧跟其后。

陈珏刚把客人请到贵宾室，德·赛丝女士便满面笑容走进来，恩吉也跟进来。

“多么美妙的惊喜呀！我们还以为你们已经回中国了呢。”德·赛丝女士一边用英语说，一边示意恩吉去张罗饮料茶水。

“我们舍不得离开巴黎呀。”王太太打趣道。

“好极了！真高兴再次见到你们！刚才我还和陈珏谈到你们呢。”

“这些天，多亏了陈珏，不仅照顾我们，还给我们介绍了很多珠宝知识，所以我们想在离开巴黎前，再来贵店看看。”

陈珏一脸兴奋站在一边，王太太伸手拉她在身边坐下，显得很亲密。

“很好，很好。”德·赛丝女士在心里飞快地琢磨王先生夫妇的来意，莫非是帮李先生买珠宝带回去？

迎宾小姐送上茶水。王太太轻声对陈珏说："你讲的红宝石的故事，我跟我老公说了，他想再看一看呢。"

陈珏不由得认认真真看着宝红，真没想到，他们在自身处境不明朗的境况下，会考虑出大手笔购买珠宝。碍于他人在座，陈珏无法多问，只说："戒指在大皇宫呢。"

"能调过来吗？那边人多眼杂。"

陈珏把王太太的意思翻译给德·赛丝女士，并趁机告诉她，王先生夫妇不是来帮李先生买珠宝的，他们是真正的买家，不过很低调。

德·赛丝女士喜出望外，却很淡定地回答："当然可以。我这就去安排。"

德·赛丝女士马上回到楼上办公室。从大皇宫调展品回店里，需经市场营销副总裁批准，但德·赛丝女士并不能直接给他打电话，还是要按规定程序，一级级上报。她心里焦急，发完邮件又追打电话给她的顶头上司——全法总经理。

她的运气很好，他正在展厅，跟公司有关高层在一起，包括总裁。大家对开幕式那晚的中国贵宾印象深刻，总裁、副总裁一致特批这项特殊的请求。调运程序很快启动，红宝石戒指将通过特别的安全运送渠道，被护送回总店。

这套内部严格、精准的运作，是坐在贵宾室的王先生王太太无法想象的。

他们一边喝茶等候，一边跟陈珏聊天。恩吉当然也一直守在贵宾室，不舍得离开半步。可惜这时店里来了别的客人，他只好出去照应。

没有外人在场，王太太趁机向陈珏解释："那颗红宝石的确让我过目难忘，你讲的故事也让我印象深刻，连我先生都觉得很有意思。不过，我还真没想过要买。今天早上，我先生突然说要再来看看，考虑把它买下来，我很意外。"

"也不一定，待会儿看看再说吧。"王先生是典型的中国人，不想把话说满。

其实，他内心早有一番深思熟虑。

一来，国内经济发展放缓，国家政策限制房地产投资，股市又不稳定，资金要找新的投资渠道。通过这些天在巴黎的学习感受，他很快认识到购买顶级腕表和珠宝也是一种投资方式，如果眼光准，收藏的东西不仅能保值，还能升值。王先生跟所有精明成功的中国生意人一样，学习新事物的速度和能力超强，是法国人不能想象的。

二来，自老李出事以后，他的安全感犹如寒流袭击下的温度计，迅速下降。这些天他冥思苦想，如何快速把钱转出国。从国内转账出国很难，因为这被认定为境外投资，需要接受严格审查。但是，如果用银联卡在境外付账，则属于个人消费，不受限制。

王先生用的是某银行的私人理财贵宾服务，只要他打个电话，就可以迅速把大笔资金集中在他指定的账户上，然后用银联卡支付购物，这样就等于是把国内的钱转到国外了。他想到王太太喜欢的红宝石戒指，既价值连城，又便于携带，值得购买。

今晨在酒店，王先生犹豫再三，是否要打电话调资金。其实，能否调动资金，是个重要的信号。如果银行正常接受他的指示，则说明他还没有受牵连，至少账户没有被控制。否则，账户被冻结，说明他自己的处境也很不妙。

他内心忐忑不安，却又不愿让王太太知道，省得陪他担心。于是他找借口要出去抽烟，独自到酒店外面。一出酒店堂皇的黑色镶金大门，冷不丁被初秋的冷风打了个激灵。他避开穿着笔挺制服向他致意的门童，和门前那一辆挨着一辆的豪车，下意识地看看那些隐蔽的黑色车窗，很快走到酒店拐角的僻静之处，靠着墙，点燃一支烟，狠狠地抽了几大口，鼓起勇气，孤注一掷，拨通了银行的贵宾服务热线。

打完电话，剩下来的，就是等待。他哆嗦着手，将烟送到嘴边，牙齿不住地哆嗦打战。他很想理清何去何从，可是大脑涨热，像车塞得满满的高速公路，完全无法开动思维。

不知过了多久，他的手机收到短信，确认所要资金全数到位。他心中一阵狂喜汹涌，差点儿湿润了双眼，看来天无绝人之路！

他慢慢抽完了第三支烟，感到刚才被抽空的元气一点一点恢复，这才迈动双腿，头重脚轻地回到酒店房间，若无其事地向王太太提议：“离开巴黎前，去帮你把那只红宝石戒指买了吧。”

王太太正蹲在地上，准备关行李箱，听了这话，手一松，那装满衣物的箱盖就重重倒在地上。

王太太脸上惊讶的表情让王先生心头涌动复杂的感受。婚后多年，他还真没买过这样贵重的珠宝给王太太。而自己老婆的好处，是值得他感激的。她把两个儿子和家都照顾得井井有条，让他毫无后顾之忧。而他在外面，虽然没像别的有钱男人那样包二奶、养小三，但是逢场作戏的风流事还是免不了的，她也都大度地担当了。如今，大事临头，她比男人还要镇定，赢得了他更多的敬重。

王先生伸手把王太太从地上拉起来，故作轻松地说：“钱都安排好了，只要你看中了，咱就买。”

王太太什么都不多问，像所有聪明的中国女人那样，懂得什么时候该听男人的，让男人做主。

半小时后，德·赛丝女士带着神秘的微笑，将一只黑色托盘，放在贵宾面前的矮桌上。她小心翼翼揭开盖着托盘的黑丝绒布，将红宝石戒指呈献给客人。恩吉这时也悄悄回到贵宾室，站在德·赛丝女士身后。

这只光彩夺目的珠宝，牢牢吸引了所有人的目光。

戒指是调回来了，可是，客人究竟会不会买，什么时候买，怎么付账，都是未知数。德·赛丝女士耐心地等待客人的反应。

王先生拿起戒指，仔细研究。王太太要求再看看证书。德·赛丝女士一边逐行介绍证书内容，一边强调珠宝的杰出之处。陈珏轻声做翻译。

“试试吧。”王先生把戒指递给王太太。

王太太心想着戒指的价钱，有些犹豫，她是那么钟情这只红宝石戒指，担心一旦戴上它，就会舍不得脱下来。

王先生抓过王太太的左手，小心翼翼帮她把红宝石戒指套在无名指上。大小刚刚好，宛如量手定制。红宝石戒指在王太太白皙纤细的手上显得色彩浓烈，无比华丽，完美动人。王太太激动得把下嘴唇咬得血红。

德·赛丝女士不禁有感而发：“我的上帝，我相信，红宝石戒指终于找到它的新主人了。”大家都发自内心地连声赞叹。

接下来，是一番艰巨的讨价还价。德·赛丝女士早就知道中国人习惯要折扣，但是让她十分意外的是，中国人讲价的本领实在太厉害了，折扣、礼物、退税、汇率统统要讲，统统要算，简直就是得寸进尺，并且随时准备撤销买卖，一副游刃有余的样子。

德·赛丝女士当然舍不得失去这笔生意，更何况客人保证，一旦谈好条件，今天当场就可全额付款，这实在太诱人了。

她只好一遍遍向上级请示，全法总经理也从大皇宫展场那边赶过来助阵。最后总裁亲自特批了优惠条件。

陈珏跟客人说，我们店长的确做了最大的努力，争取到了最好的条件。出于对陈珏的信任，客人才适可而止，握手成交。全法总经理赶忙打电话，向总裁报喜。

众人一片雀跃，可又出意外了。

客人不能转账，只能用信用卡付款，可是公司规定，每笔信用卡支付金额不能超过十五万欧元，这么算来，客人要刷将近二十笔才能付清。万一卡刷不成，客人没有别的支付方式，这笔交易就得搁浅。

时间已到下午，大家早已头昏脑涨，饥肠辘辘。幸好恩吉细心，已悄悄提醒副店长订了午餐。陈珏感激地冲他笑笑。

大家一边吃着美食店刚刚送到的三明治、奶酪和甜点，一边凑在刷卡机前，心里七上八下地等着刷卡。关键时刻，德·赛丝女士亲自操作，在这店里，还有谁比她业务更熟呢！

德·赛丝女士把卡插入终端器，按出第一笔十五万欧元的金额，收据在吱吱声中打印出来，写着没通过。大家好不失望，王先生心里比谁都紧张，有种面临生死判决的感觉，国内瞬息万变，莫不是在数小时之内，局面已有变动？他头脑昏涨滚热，飞快地设想着各种可能的状况，冷汗迅速湿透了后背。他沉默不语，掩饰着内心的慌张，犹豫着是否要给银行打电话。

王太太抚摸着手指上的红宝石，从她丈夫的眼神嘴角读出些许不祥之兆。然而此刻，身边围着一群外国人，她束手无策，唯有暗暗祈祷。

德·赛丝女士问道："没有别的卡吗？那么，我再试一遍？"

陈珏提醒："是银联卡吧？不能读芯片，只能拉磁条。"

哦，应该从终端器侧面拉卡，而不是把卡插在终端机里。德·赛丝女士心急，疏忽了这个基本的细节。幸好是她本人操作，若是换了别的同事，这个时候，犯这样的错误，一定得被她狠狠地训一通。

德·赛丝女士重新操作一遍，所有人的眼睛都盯着读卡机。那几秒钟的等待，显得那样漫长。王先生觉得自己的忍耐已经快到极限，再也撑不下去了。宝红恨不能从自己的躯体里跳出来，逃离这难堪的场面。陈珏虽然对这一切无从感知，但她多么期望交易成功，不要节外生枝。

机器终于咯咯作响，开始打收条。德·赛丝女士先睹为快，向大家宣布："好了，通过了。"

"喔——"，大家都松了一口气。王先生额头的冷汗淌下来，顾不得擦拭，一口吞下一块三明治，砸下指令："接着刷！"这份赴汤蹈火的架势，简直就是一赌命运。

总裁进到店里的时候，王先生刚好刷完最后一笔金额，付清全款，办好退税单。

德·赛丝女士吩咐开香槟庆祝。总裁举杯，热烈祝贺中国客人成为这只珍贵珠宝的新主人，赞美王太太戴上红宝石戒指就像女王那样高贵。总裁也祝贺德·赛丝女士和总店的整个团队工作出色。此时，特妮迪总店比过节还热闹。

刷卡顺利，王先生犹如吃了颗定心丸，心里比谁都高兴。他跟总裁干杯的时候，一时兴起说，戒指有了，以后还要为太太配一套红宝石的耳环和项链。

这可是要走进高级定制珠宝领域啊。如果敲定，这将是中国大陆客人中的第一单，标志着一个全新的高端市场将要打开。大家听了，更为振奋。德·赛丝女士激动不已，她荣升销售总监可大有希望了。

王太太简直不能相信，这价值连城的珠宝属于她了，现在就可以戴着走。她知道，在中国，只有极少数的女人能够像她这样，有幸得到丈夫赠送的如此贵重的礼物。感动中，王太太情不自禁伏在王先生的肩头，流下幸福的热泪。王先生虽然不习惯在众人面前流露真情，可是这一刻，他紧紧搂着自己的老婆，久违的幸福感填满了他的心胸。

陈珏完全理解少年同伴此时的心情，感动、喜悦、骄傲涌动在她心头，她悄悄用手背擦去眼角的泪花。

恩吉站在她身边，默默递上一方小小的纸巾。就在此时，两只温暖的手有力地揽住他们俩的肩头，竟然是德·赛丝女士在拥着他们，这是她第一次对自己的团队如此亲近。

她看着大家，笑着说："多么美好的故事！"

尾 声

为了庆贺红宝石销售成功，德·赛丝女士邀请总店全体成员到巴黎有名的中餐馆共进晚餐。恩吉和陈珏为大家点了满满一桌的中餐佳肴，十分地道美味。大家摆脱平日在店内的拘谨，尽情说笑，气氛格外轻松愉快。细细想来，这是多年来团队的第一次集体活动。德·赛丝女士颇受感染，当场宣布，以后每两个月组织一次团队休闲活动。大家热烈鼓掌支持。

上甜点的时候，餐厅里的灯光忽然熄灭。大家正在疑惑时，陈珏和恩吉从厨房抬着一块点着蜡烛的蛋糕缓缓走过来。不需要发动，大家自动唱起生日歌，连别桌的客人也跟着唱起来，有人唱法文，有人唱中文。

德·赛丝女士这才想起，今天是自己的生日，多年独身，她早已不给自己庆祝生日，每年都是她的团队记得给她庆贺，蛋糕、礼物、鲜花、香槟，都由大家准备。大家一个接一个过来亲吻她，跟她碰杯，搂着她照相，一扫平日在店中对她的敬畏。

强烈的暖意从心底涌起，心底那块坚冰悄然融化，德·赛丝女士两颊绯红，笑容绽放。这不是一个店长恰到好处的橱窗式微笑，而是一位美丽女人真实灿烂的欢颜。

后来，德·赛丝女士把那一晚的集体照印出来，放在她的办公桌上。在店里，她依然是那个威严的店长，但是大家都能感到店里的气氛已悄然改变，细微的温情和友善像潮湿的空气，滋润着大家。

两个月后的一天晚上，米米睡觉以后，亚历山大把陈珏推到客厅的沙发前说："你坐下，我有重要的事跟你商量。"

"什么事？这么严肃，快说吧。"

"你坐下听，省得惊倒在地。"

"你别吓我。"

"听着，今天公司老板找我谈话了。"

“你工作出什么问题了？亲爱的，你可从来没有这样严肃过，出什么大事了吗？”

亚历山大垂着头，不作声。

“要被炒鱿鱼吗？”

“谢谢你对我这么有信心。”

“那快点儿说嘛，讨厌！”

“哼，哼，”亚历山大干咳两声，清清嗓子才说，“公司要在上海设个办事处，问我愿不愿意去上海工作。”

“什么？真的？”陈珏没有摔倒，而是一下子跳了起来。

亚历山大点点头。

“为什么选中你？确定吗？”

“因为公司每次来中国客户，只有我能诌两句中文啊；而且全公司，只有我娶了中国老婆啊！”

这一夜，夫妻俩实实在在是同床异梦。

亚历山大对去中国工作生活始终不热心，他实在不喜欢那轰轰烈烈、忙忙碌碌的氛围。对于他这个酷爱大自然、周末时常到乡下过的人来说，车水马龙、日益纷繁的中国不是令他向往的宜居之处。可是他比谁都清楚，回中国生活是陈珏多年来念念不忘的心愿，他一直以种种借口避免走这条路。如今，外派的机会送到脚下了，他如何能再拒绝陪她回祖国呢？

陈珏则是欢喜疯了，一整夜都吵得亚历山大没睡好觉，一大早就催着他去公司："快！快！快！快点儿答应老板，说我们马上就可以搬家回国啊。"

"回国？对于我，可是搬家出国呢。"

亚历山大出门前，再次认真地问陈珏："你可想好了，一旦我正式答复公司，我们的生活将发生巨大的变化，你真的愿意回中国吗？别忘了，中国不再是你熟悉的中国，你也许会很不适应呢。"

"那是我的祖国，不论好与差，我只想回去体验这个变革的大时代。"

"也许，不到三个月你就会失望；也许，不到六个月你就会后悔。"

"那又怎么样呢？！大家都说，人生重在过程，那么我们就让过程更丰富些。你说呢？"

"如果不是为了你，我对去中国生活，没有特别的愿望。我将为爱再做一次牺牲，反正我已经习惯做牺牲了，哈哈。”

“这么严肃的话题，也要开玩笑。讨厌。”

“我也爱你。”亚历山大总是把“讨厌”当成“我爱你”来理解，既然陈珏总这样对他说。

陈珏一天都没耽搁，就向公司辞职。虽然按公司规定，离职需提前两个月通知，已正式升为销售总监的德·赛丝女士却十分通融，主动为陈珏跟人事部沟通，还要推荐陈珏去中国分公司工作。

陈珏婉言谢绝，她回国后的心愿列出来有几米长，还暗自梦想筹办画展、画廊，实现她的艺术追求。

德·赛丝女士笑着说：“不管怎样，一定保持联系，记得帮我介绍更多的中国贵宾啊。王先生王太太应该有很多富有的朋友，这些都可以成为我们的客人啊。”

陈珏辞职，也为德·赛丝女士解决了一个难题。她刚刚申请到一个提升销售员级别的名额，正在发愁该给陈珏还是恩吉呢。陈珏卖了破纪录的高级珠宝，为德·赛丝女士在新总裁面前争了高分，她有心要奖励功臣。可是恩吉巴望升职，也苦苦熬了很多年，资历比陈珏也长。现在陈珏要走，这个问题便迎刃而解，皆大欢喜。

圣诞节前，陈珏独自飞回上海去找房子。宝红特意飞到上海，挑了套她在市区的高级公寓租给亚历山大的公司。陈珏便可以把家安在宝红曾经住过的房子里。

对于陈珏举家回国，宝红并不赞成，国内的复杂现状，不是陈珏能够想象的。

宝红告诉陈珏，老李虽然从法国回来后没多久就被“双规”了，可是案子还没判下来。老李进去以后，自己的问题如实交代了，也没乱咬别人。

圣诞节后，亚历山大和陈珏带着米米，举家搬到上海。

而宝红正相反，等不及在国内帮助陈珏安顿，便要趁着元旦假期前，把家搬去温哥华。她老公要护驾过去，住到春节后，再回国打理生意，照顾他老父老母。

滑稽的是，宝红全家出国，特意从上海浦东国际机场出发，陈珏全家来送行。

宝红说：“我要开始第四辈子，到国外去过安安静静的养老生活了。”

陈珏说：“我终于回来，要体验滚滚红尘了！”

滚滚红尘，红尘滚滚，谁知道几年后，又是一番怎样的命运故事呢。

陈珏仰望着上海高楼大厦的钢铁丛林，暗自思忖：“我知道我是谁，我知道我从哪里来，要到哪里去，滚滚红尘里，我不会迷失自己。”